挿絵《さしえ》の女

単行本未収録作品集

有吉佐和子

河出書房新社

目次

挿絵の女——単行本未収録作品集

挿《さし》絵《え》の女

挿絵画家小柳亮吉《こやなぎりょうきち》の成功は、三年前には無名の作家であった増田《ますだ》秀人《ひでと》と奇妙にウマがあって、三流雑誌の連載でコンビになったのが、そのまま増田秀人の出世につれてコンビを続けたことに負うところが多い、と世間では見ている。しかし、増田秀人の抒情味《じょじょうみ》のかった恋愛小説が多くの読者を得てヒットしているのは、小柳亮吉の清新な挿絵があずかって力あるのだと見るムキもあって、増田秀人と小柳亮吉との関係は、どちらがどうと第三者がきめられる筋合はないようである。が、とにかく二人が組んでいるのが二人の成功の決定的な理由であることは事実だった。増田秀人は流行作家になったのだし、小柳亮吉も折からの週刊誌ブームに追いかけられて仕事は断るのに骨が折れるほど注文が相次いで来ている。

　この二人の間にいて、戸川明子の心理は微妙だった。もともと増田と小柳の二人を結びつけたのは、他ならぬ彼女に違いなかったからだ。冒頭にした三流雑誌で、増田の連載小説を編集担当したのは明子であり、そのとき考えて挿絵を小柳亮吉に依頼しようと思いついたのも明子だから、彼女が先に知ったのはどちらかと云《い》えば亮吉の方が先だ。

その雑誌の編集部は小人数で、終戦直後に生れた筍《たけのこ》出版社の末期的症状にあり、明子は記者として原稿用紙に書きなぐる一方で、作家のお守り役もしなければならぬという多忙さだった。原稿料の支払いが悪いものだから、名のある作家は書きたがらないし、経理の方からは無記名のものはできる限り社内原稿で間に合わせるようにと云われて、インタビューやルポルタージュは明子たちが書くしか仕方がなかった。戸川明子は、三十娘のガムシャラを見込まれて、何か変った事件があるとすぐ偵察に行かされた。「心の旅路」と題する特集のときなど、殆《ほとん》どの記事は明子が書いたものだ。

「心の旅路」は記憶喪失症の男を主人公にした外国映画の題名で、そのころ封切られて大変な評判をとっていたものである。編集部ではそこに目をつけて、戦争中の様々な事故によって記憶を喪失した人々の訪問記を並べて風変りな「尋ねびと」特集にするプランをたて、そして翌日から戸川明子が活躍したのであった。

大病院の神経科を歴訪して、患者のメモをとり、中で特異環境にある者をピックアップした。小柳亮吉はその中にいた一人であった。明子のメモ用紙には、南太平洋の、セレベス沖を漂流中、折から来あわせた巡洋艦に救命されたとあり、すでにそのとき虫の息で、覚醒したときは過去の記憶はなくなっていた。丸坊主の頭から兵隊かと類推されたが、殆ど全裸に近い恰好《かっこう》だったので、所属部隊も分らず、姓名、年齢ともに不詳のまま今日に至っている。カルテに書き入れる必要からも、名前は救出した者たちの頭文字など綴《つづ》り合わせた小柳亮吉がそのまま使われ、年齢は二十八歳前後ということになっていた。衝撃療法や暗示等で様々に尽《つく》してみたが、治癒しない前半性健忘症で、医師たちは大分前に匙《さじ》を投げた形である。

過去の記憶は持たないというだけで、他に欠陥のない健康体は、しかし所在なげにYという三流広告会社のデザイン課で働いていた。訪れた婦人記者を見ても格別の興味は動かないらしく、狭い応接間で明子と向いあったときも、

「小柳です」

無精《ぶしょう》らしく頭を振ってみせただけである。古ぼけて型のくずれた背広を、そのまま労働着にしているらしく、袖口にも膝頭にも緑や樺色《かばいろ》のペンキがついていた。デザイン課勤務とは言い条、実際の仕事は注文の数の少いポスターを一枚一枚描き飛ばしているという職人なのであった。

その特集を通じて、明子が発見したのは戦争の深い傷痕《しょうこん》というものであったが、小柳亮吉の暗い眼《め》にも、明子はそれを確かめただけである。気軽く興味本位の読物にまとめあげていいような性質のものではなかったのだという悔恨で、明子は怯《おび》えながら亮吉に数カ条の質問をした。

「今でも思い出せませんか」

「思い出したら、ここにこうしてはいないでしょうな」

「過去を知りたいと思いますか」

「誰もが持ってるものを、僕は持たないのですからね。自分の名前だけでも知りたいですよ」

「この特集で、もしかして御兄弟でも名乗り出てきたらと思いますわ」

それは明子として心からの思いだったのだが、亮吉は素気《すげ》なく、

「まあ期待しませんよ。第二の僕が生れて、もう十年に近いのですからね」

と、しかし明子の訪問を迷惑に感じたのではないらしく、仕事場にいる写真を撮らせてほしいと云うと気軽く応じた。

仕事場は採光だけ配慮されていて明るいのだけが取り得の部屋で、粗末な机が並べられた上で、亮吉と同じように薄汚れた男たちがポスターカラーにまみれて仕事していた。

「あなたが撮るのですか」

亮吉が愕《おどろ》いたような顔をして云った。明子が提《さ》げていた大型のバッグから写真機を取出してレンズの調節を始めたからである。

「ええ。それが小柳さんの机ですか」

「そうです。どうも乱雑すぎるようだな」

急にテキパキしてきた明子に煽《あお》られて、亮吉は面映《おもはゆ》いのか、手のやりばに困ったのか、机の上を片付け始めた。

「あ、待って下さい。机の上は散らかってる方が面白いわ」

明子は亮吉を牽制《けんせい》して、彼が片寄せた筆や消しゴムや、画用紙の類《たぐい》を自分の手で前のように引き散らかした。が、そのとき一枚の画用紙に濃い鉛筆で画《か》きとばした絵を見つけて手を止め

た。

「あら、これ」

「いやあ」

てれている亮吉の顔と見較べて、明子は問いかけた。

「これ、小柳さんがお描きになったんですか？」

「そうです」

「誰ですの、この女の方。ああ、小柳さんの奥さんね」

「いや、僕は独身です」

「それじゃ恋人かしら、綺麗《きれい》な方ね」

「恋人はいませんよ。それはモデルなしのいたずらがきです」

「絵は本式にお習いになってたの」

「いや、習ったことはありませんよ」

「そうですか。お上手だわ。それに線がとてもきれい」

もっと他にないかと云うと、褒められて満更でもないのか亮吉は抽出《ひきだ》しをあけて、そのときどきの鉛筆画を出してみせた。風景画もあったが、どれも抒情味豊かな美しいものだった。

「これは何処《どこ》かの写生でしょう？」

「いや、全部この部屋で描きました。想像画ですよ。もっとも僕の下宿の窓から見える風景も混っています。その小母さんは、下宿の小母さんだけど、しかし似てないな」

むっくり肥《ふと》った中年女の絵は、しかし躰《からだ》つきで充分その性格は似ていた。顔は、一番最初に明子が見た少女の面影と似たところがあり、それが実物と似ていないところになったのだろうと思った。

「この女の子は、本当にモデルがありませんの？」

と、明子は帰りがけにもう一度念を押してから、ないときくとその絵だけ貰《もら》って帰った。何にする当てもなかったが、髪型も着るものもなく、ただ顔だけを浮出してあるのが印象的で手放せなかったのだ。こころもち左を向いたその顔は、まだあどけない少女の顔とも見え、明子は秘《ひそ》かにお下げの髪型を想像してみたり、恰度《ちょうど》流行のポニーテイルという十代向きの髪を考えてみたり、しばらく楽しんでいたものである。だが、葉書大の画用紙に描かれたその絵は、やがて明子の机の抽出しの中に忘れられてしまった。心の旅路の特集は予期した程の反響もなく、そのころから雑誌の売行きは悪くなる一方で、会社は金繰りに四苦八苦し続けていた。

新人の増田秀人に連載小説を書かせることになったのは、編集部が彼の才能を買ったというよりも、安い原稿料を更に支払いぶりが悪くても書きそうな作家を物色したあげく、殆ど無名の作家なら、それでも喜んで書くだろうと見込んだからである。それどころか編集長たちは全然増田の才能など買っていなかった。彼らは大作家の誰彼の取り巻きになることにだけ生甲斐《いきがい》を見出していたので、増田を育てることにも気乗り薄で、戸川明子に原稿とりを任せる肚《はら》でいた。

「挿絵は誰に描かせようかね」

煙草《たばこ》をふかしながら、編集長は明子に話しかけた。彼が面識ある挿絵画家は、もう会社を見限っていて、どう頼んでも引受けてくれそうになかったのである。明子に案があれば、明子に折衝《せっしょう》させた方がいい。その暇に自分は会社が潰《つぶ》れたときを慮《おもんぱか》って、次の勤め口を探しておいた方が賢明だ。彼はそう考えたのだ。

明子にだって、そのくらいの編集長の思惑《おもわく》は読むことができる。会社の現状では名ある画家が使えないのは明らかであった。挿絵の方もまた増田秀人なみの新人を探すしか方法がない。そう思ったとき、脳裡《のうり》に閃《ひらめ》いたのが小柳亮吉であった。

「思いきって新人抜擢《ばってき》にしませんか、編集長」

抽出しの中を掻《か》きまわして、ようやく亮吉の絵を探し出すと、明子は晴れ晴れとした顔を上げて、こう呼びかけた。

編集長は、低い鼻の上の眼鏡《めがね》をずり上げながら亮吉の絵を見て、

「いけるかもしれないな」

と云った。一つの才能を発見したという喜びはなかったようだが、明子はもうそれだけで有頂天になった。すぐに広告会社に電話をかけて小柳亮吉を呼び出し、

「戸川明子ですが」

「はあ、お目にかかったことがありますか、僕」

「半年ほど前に、雑誌社から写真をとらせて頂きました。心の旅路の……」

「ああ、あのときの」

ようやく思い出した亮吉と、明子は、その夕刻もう喫茶店で卓を挟んで事務的な話に没頭していた。

「小説はお読みになるでしょう?」

「時たまね。しかし難かしいのや、ややこしいのは嫌だな」

「どうしてです」

「疲れるから。もっぱら大衆小説ですよ」

増田秀人の名は知らないと云った。もっともに思えた。戸川明子でさえ一週間ばかり前に知った名前だ。

「でも、思いきってやってみませんか」

「そうだなあ。金は欲しいからな」

安くておまけに払いが悪いのだとは云えなかったので、そのまま明子は強く押して一応引受けさせることに成功した。無精髭《ぶしょうひげ》だらけの冴《さ》えぬ色をした亮吉の顔は、思いがけぬ仕事に触れても変化のない無感動なものであった。

翌日、明子は例の絵を持って増田秀人を訪ねると、事前に充分の連絡をとってあったせいもあって、これは大変な歓迎ぶりであった。年齢は小柳亮吉と大差なく思えたが、顔は色白で肌理《きめ》が女のようにぬめぬめと光っている。粗末な背広を、どこか伊達《だて》に着て、細いしなやかな指で煙草を吸いながら、細めた眼は瞬時も明子の表情を読み落すまいとするようだった。明子が編集部の意向や彼女なりのプランを話す間、細い首をたえまなく振って相槌《あいづち》に代え、初の連載小説の注文を粗忽《そこつ》あって取り逃してはならないという気持を、頬と薄い唇許《くちもと》の微笑で抑えようとしている。そんな態度が、しかし明子には決して不愉快ではなかった。作家も画家も二人とも亮吉のようでは、それこそ編集者は愛想がなさすぎる。

「で、挿絵のことですけれどね、増田さんに御希望がありますか」

「そうですねえ。そちらの腹案《ふくあん》はどうなってるんです」

増田秀人は如才がない。芽の出かかりの新人が、挿絵画家を指名するのは生意気に見えることを充分知っているのだった。

「編集部としては、気鋭の増田秀人に配するに、やはり新進をという考えで、小柳亮吉さんにお願いしたいと思ってるんです」

「ははあ、なるほど」

増田の顔には軽い失望の色が抑えきれなかった。無名の作家を市場に送り出す方法の一つに、挿絵画家の大御所と組合せるというやり方がある。その労のとれない雑誌社かと発見した増田は、しかしそれにしても長篇を書く機会が来たのだから否《いな》やはないと直《す》ぐに思い返した。戸川明子が示す絵を見れば、それほど捨てたものでもなさそうである。

「あ、いいですね」

「抒情的でしょう？　増田さんの作風にマッチすると思うんですよ」

それまでハードボイルドを目指していた増田は、この明子の言葉から彼女が彼の作品を一つも読まずにやってきたのを悟っていた。彼の自尊心に著しく障るところがあったが、しかしこの挿絵がつくとなれば抒情的にストーリーを流すのが手だと、これも直ぐに思い返した。すると、目の前の小生意気な娘が、妙に活き活きとして眼に映ってきた。美人ではないが、小柄で身のしまった躰つきは元気そのもので、それが相当勝気な女だと容易に察しがついた。ともかく向う一年間は月に一度必ず顔を合わせる相手なのだから、お互いに嫌な印象は与えるべきでない。この場合は男性である増田から明子を酒に誘うべきであった。

渋谷の小汚い飲み屋を三軒ばかり廻《まわ》るうちに、明子は他愛なく酔ってしまって、ぶざまに乱れはしなかったが、口をついて出てくるのは小柳亮吉の名前だった。

「増田さん、小柳亮吉を発見したのは私なのよ。見ててごらんなさい、彼は絶対に売り出すから」

くどい程、同じことを繰返した。彼に会った経緯から、亮吉の人柄や彼の未知なる半生を臆測したり、相手をしている増田秀人が明子の視線を避けては眉をしかめているのに気がつかなかった。

「その小柳君というのは、男冥利に尽きた男だなあ」

「どうしてですの」

「あなたのような魅力ある女性にそれだけ打込まれれば、才能がなくたって奮起一番する筈《はず》ですよ。ああ、羨《うらや》ましい」

　お世辞と分ったが、明子はひどく愉快になって、他の客たちが振返るほど大きな声をたてて笑った。それに反して、増田は酔えば酔うほど不愉快になり、途中で明子に別れると、その後は正体のなくなるまで暴飲した。エゴセントリックな男の苛立《いらだ》ちに違いなかったが、酔いがさめて宿酔《ふつかよい》に痛む頭を抱えながら、彼は脳裡に戸川明子の姿が消えないのが何より忌々しくてならなかった。

　しかし、初の連載小説として、彼に売出しのチャンスが来たことは間違いなかった。景気のよくない出版社だが、その雑誌の名は世間に知れわたっている。名を売るには悪くない場所なのである。小柳亮吉に迎合する気は毛頭もなく、ただ俗受けを狙って彼は作風を百八十度転換させてしまった。

　すべり出しの第一回は好評だった。読者に意外なほど受けたので、第二回は目次でも広告でも大々的に彼の小説を取り扱った。小柳亮吉の挿絵は戸川明子が予言したほど派手に際立たなかったが、薄明の中に揺《ゆら》めくような人物の描き方に彼独得の画風があり、他の雑誌社から短篇小説の挿絵の依頼が来たりするようになったのは、増田の小説が十回近くになった秋のことであった。

「よかったわね」

明子は自分のことのように喜んだ。

「この挿絵の稿料が来たら、戸川さんを御馳走《ごちそう》しますよ」

と、亮吉は珍しく明子に笑顔を向けた。それは明子が、はっとした程明るい微笑だった。それまで幾度となく顔を合わせているのに、いつも暗くて、明子の心に翳《かげ》を落していた亮吉だったのだ。

「他社の稿料で御馳走して頂くなんて、うちの社の支払いが悪いのが皮肉られてるみたいだけど」

「とんでもない。本当の話が、僕は戸川さんにどのくらい感謝しても足りないような気持でいるんですよ」

「まあ、どうしてかしら」

「それはね、僕がどうにか生きる張り合いみたいなものを発見することができたからですよ」

「……」

土曜日の午後、銀座のレストランで洋食を食べながら、二人の顔つきはいつか真剣そのものになっていた。理由は二人ともよく分っている。小柳亮吉は感謝という言葉でそれを表現したが、それで表現しきるには彼の胸に情感があり余っていた。明子にしても、彼女が無意識の裡《うち》に待ち望んでいた状態に亮吉がいるのを見て、胸迫《むねせま》るものがあった。がそうした思いをすぐに行動に移すには、二人とも初心《うぶ》でありすぎた。

皿に残した肉やスパゲッティを見て、亮吉は臆病そうに、

「おいしくなかったの」

と訊いたが、明子は首を振って、

「胸が一杯で、もう入らない」

それが思うかぎりの意志表示だった。

二人とも、のろのろと街を歩き、夜の中を所在なげに歩くばかりで、手も足も出ない。亮吉の引っ込み思案に対して、苛々《いらいら》しながら明子もどうすることもできないのだった。勝気な女ほど男が能動的に出ることを望むものだから。

しびれを切らした明子が、酒を飲もうと云い出すと、亮吉はすぐ賛成して新宿のとある縄暖《なわの》簾《れん》をくぐったが、彼は全然飲めない口で、盃《さかずき》に二杯を過せず、明子を失望させた。そんな相手では一人で酔うわけにもいかない。気まずくなって早々にまた外へ出た。

が、じりじりしながらも時間はたっていて、バスはなくなっていた。笹塚に帰る明子は給料遅配で財布の中身はタクシーも拾えぬ貧しさだった。それを知ったのか亮吉は、

「戸川さんが男なら、僕の部屋に泊《とま》れと云えるんだが」

と独言《ひとりご》ちた。

「女だとどうしていけないの」

きつい眼で見返されて、眼をしばたたき、

「それは、やはりそんなものだから」

「どんなものなの」

「戸川さんにしたって、遅く男の下宿に泊るわけにはいかないでしょう」

「ええ、嫌いな男の人ならできないと思うわ」

亮吉は、しばらくぼんやり突っ立っていたが、やがて踵《きびす》を返して歩き出した。

明子はある距離を置いて、黙ってそれに従った。亮吉の下宿は笹塚と正反対の西大久保にあって、新宿から歩いて二十分とかからない。歌舞伎町を過ぎたところで、一度だけ亮吉は振返った。

「戸川さん、いいんですか」

明子は黙って同じ歩速で歩き続け、亮吉の傍《かたわ》らを過ぎて、後は挿絵とりに通いなれた道で先に立って亮吉の下宿に着いた。

自分の部屋に帰ってからの亮吉は、人が変ったように積極的になった。明子は急に自分が処女であることを思い出して、控えて彼の行動を待ち、その夜、二人は当然結ばれるべき者たちとして結ばれたのであった。結婚を申し込む手順も、結婚式という形式も省いて、二人はその月のうちに同棲生活に入った。

もっとも、戸籍については、明子の方から亮吉に催促したことがある。

「内縁関係というの、なんだかスッパリこないわ。あなたを疑ったり、将来が不安というわけで云うんじゃないのよ」

「しかしなあ、僕の戸籍は仮構のものなんだぜ。実際は浮浪者と変らないんだ。だから小柳亮吉の戸籍は虚構と云ってもいい。そんなもので夫婦になるのは嫌じゃないか」

「十年の余もたって未だにあなたは御自分の身許《みもと》がはっきりしないことにこだわっていらっしゃるのね」

「君が僕だったとして、こだわらずにいられると思うか」

明子は口を噤《つぐ》まなければならなかった。愛し愛されるという妻と同じ立場を与えられて、その意味では充《み》たされていながら、彼女は自分の心に冷たい隙間風が走ったのを感じた。夫が、口には出さないが、知らない彼自身の過去を追う心を胸に奥深く蔵《しま》っているという発見が、明子を悲しませたのである。愛は独占欲と不即不離《ふそくふり》のものだ。亮吉の心を自分一人で占拠できないことが、明子の胸に翳を落す。しかし勝気な明子は、亮吉の悲しみを自分の悲しみにすることによって、自分の悲しみは克服しようと思い、また実行した。彼女は自分もまた亮吉と楽しく亮吉の過去を探りたいと思うように努めたのだ。

「それには先《ま》ず有名になることだわ、あなた。何よりの広告ですもの。他の社からこれだけ註《ちゅう》文《もん》があるようになれば、望みなきにあらずだわ」

「増田さんも好調らしいな」

「ええ、××から百枚の中篇を書けといわれたんだって、張り切ってたわ」

××というのは地味な文芸雑誌だが、純文学の発表機関である。新人作家にとってそれだけの頁《ページ》をさいてもらえるのは、欣喜《きんき》して余りあるところだった。増田秀人は張り切って、とっておきの素材で念の入った仕事をしたのだが、百枚の原稿はその暮まで編集部で干された末に理由もなく返送されてきた。編集部に電話をかけると、どうもウチの雑誌にはむかないからと、不親切な返事である。

これには増田として悄気《しょげ》ないわけはないが、長く懊悩《おうのう》するには彼の生活力は逞《たくま》しかった。恰度大衆向きの娯楽雑誌から連載小説の注文があったので、早速それを引伸ばして使うことを考えついたのである。その雑誌の担当者に、ざっと梗概《こうがい》を話すと眼を輝かせ、

「いけますね。是非それで頼みますよ。ついては挿絵ですが……」

小柳亮吉の名を、雑誌社から指名されて、増田秀人は、

「いいな。恰度イキのあってるところですからね」

あっさり引受けたが、その編集者と別れると急に眉根に皺《しわ》を寄せた。思いきり小柳亮吉の悪口を誰かに向って喚《わめ》いてみたいところだった。が、彼にとって具体的に亮吉を悪《あ》しざまに云うタネはなかった。エゴイストである増田は、ひとを足がかりにすることはなんとも思わないが、自分がひとの足がかりになることには我慢がならなかったのである。この頃、小柳亮吉の挿絵

が他の雑誌の短篇小説などでしばしば見受けられるが、もとはズブの素人だということを知っている増田は、亮吉が増田の小説の挿絵を描いてデビューしたのだ、いわば亮吉は自分のおかげで世に出たのだと思っていた。にも拘《かか》わらず、彼は亮吉とは連載の始まる前に一度会っただけである。葉がき一枚よこさない小柳亮吉を、礼儀知らずだと増田は前から腹立たしく思っていた。

子供じみた憤懣《ふんまん》を、彼は大人の憎しみに転化させる方法を知っていた。とある煙草屋の店先にあった公衆電話に十円玉を落すと、彼の指は習慣的に戸川明子の勤めている会社にダイヤルを廻していた。

「来年の連載がきまったんだ」

「あらまあ。流行作家は違ったものね」

編集者として、この間《かん》の呼吸は明子も心得たものだ。増田も悪くない表情である。二人は銀座裏の喫茶店に対《む》かい合って、流れてくるムードミュージックを聴いていた。近頃、明子は前のように増田の誘いに乗って酒を飲む機会を持たなかった。特に避けているわけでもなかったが、小柳亮吉と同棲していることを、自己中心主義的な増田に告げるのは連載中はまずいと思ったのと、何より社にも内密にしている手前、云うわけにもいかず、それが明子を増田の前で以前のように陽気に一見して隙だらけのような態度を失わせる結果にさせていたのかもしれない。

「どこの雑誌ですの」

この頃御無沙汰を詫《わ》びる気持をこめて、明子は増田のニュースに添った話題で彼のごきげんをとろうと勤めた。

「○○なんだ」

「凄《すご》いわ。増田さん、おめでとうございます。よかったわね」

「あまりよくもないよ。今から大衆小説は書きたくない」

「そんなことないわ。○○なら立派なものだわ。力作を発表して下さいよ」

増田秀人がもったいぶっているのは分ったけれど、明子は素直に彼のために喜ぶ気持を持ちあわせていた。うんうん、と明子の言葉に肯《うなず》いて、増田は大分機嫌がよくなったようである。

「まあ大体、約束はしたんだけどね、挿絵は僕の希望に任せるって云うんだよ、テキは」

「優遇ですね。でも、増田さんの力量なら当然ですよ」

「そういうわけでもないだろうけどね。で、その挿絵だが、僕は小柳君がいいって推薦したんだ」

「まあ」

明子は自分の顔一杯に喜色がひろがっていくのを抑えることができなかった。○○なら舞台は派手だ。純文学とはあまり縁のない挿絵画家にとって、ほとんど登竜門のような雑誌である。これまで、小柳亮吉に対してあまりいい心証を持たないとばかり思っていた増田が亮吉を推薦したとは意外だった。

「小柳さん、きっと喜ぶと思いますわ。どうも有りがとう」あんまり明子が喜ぶので、たちまち増田は不機嫌になった。

「まだ確定したわけじゃないからね、そう喜ばれても困るよ」

「でも、とにかく増田さんがそんなに云ってらっしゃると分ったら小柳さんは感激しますわ。私、明日にでも行って知らせてあげますよ」増田は立ち上って、話題を変えた。

「どう久しぶりで飲みに行きませんか」

飛んで帰って亮吉に報告したいところだったが、増田が彼に示した好意に対しても明子は応えておきたかった。それに、ここで明子が増田の機嫌を損ねたら、我儘《わがまま》な彼は亮吉に当って○○の編集者に挿絵画家を変えることを申し入れかねないと心配にもなった。

「お伴《とも》しますわ。本当にお久しぶり」明子は、にこやかに答えて増田秀人に従った。

渋谷が相変らず彼の根城で、汚れた暖簾をくぐって一杯呑み屋を三軒も梯子《はしご》をすると、増田も明子も相当に酩酊《めいてい》していた。喜びで飲んだ酒は、まわりが早い。

「増田さん、いえ、増田先生、小柳さんのこと、お頼みしましたよ」

明子は増田の顔色を読まずに、自分の気持だけ口走るようになっていた。

「戸川さん、ちょっと訊きたいことがあるんだが」

増田の眼もすわってきた。

「なあに?」

「真剣に訊きたいんだ」

「なにかしら」

「君はだな、小柳亮吉が好きだろう。正直に云え、どうだ」

「ええ、好きですよ」

「よし。もう一つ訊くぞ。増田秀人は嫌いなんだろう？」

この質問には、生酔い本性違《たが》わずで、明子は迎合することを忘れなかった。

「あら、増田さんも大好きだわ」

「増田さんも、とはどういうわけだ。そのも、が気に入らないね」

「ご免なさい。増田さんが好き、その小説を認めてるわ」

「小説を認めても、肝心のものは認めないのか」

「肝心のものって何かしら」

「男だ」

明子は朗らかに笑い出した。酔いが醒《さ》めていくのが自分でも分る。あまり酒癖のよくない増田だったと思い返し、険悪なことにならないうちに別れねばならないと思った。

外に出ると、増田は明子の腕を摑《つか》み、それを外すと、今度は肩に手をあてて抱くようにして歩き出した。

「今夜は送るよ。戸川明子さんのお宅まで、お送りして、御両親に会うんだ」

「いいわよ、一人で帰れます」

「いや、送る。僕は君のお父さんに云うことがあるんだ」

「何をですの？」

「結婚を申しこむ」

星のある夜空に向って、明子はもう一度笑い声をたてた。無邪気をよそおっているつもりだった。

「好きだと云ったくせに、笑うのか」

夜の街で見ると、酔った増田の眼には陰惨な揺めきがあって、明子の顔をこわばらせた。

「ご免なさい。私は親なし子なの」

「一人で下宿している？」

肯くと、増田の態度が急に変った。淑女を見る眼つきから露骨に女を甜《な》めるような淫蕩《いんとう》な光が濡《ぬ》れてみえた。次の瞬間、彼は両腕で明子を羽掻《はが》いじめた。

「やめて」

街中だから、声さえ出せば暴力を退けることは容易にできた。が、離れた増田と明子の間には夜以上に暗い暗渠《あんきょ》が横たわった。恋人たちのように肩を並べて歩きながら、増田の沈黙が鉛のように重く明子にのしかかってくる。醒めきらぬ酔いを抑えている苦しさも手伝って、明子はつい口を切った。

「増田さん、お気持は有りがたいんですけど、私は結婚しているんです」

明子としては、増田に恥をかかしたくない場合だったのだ。増田と明子の絶交によって、小柳亮吉の仕事が一つ切れるのが辛いということ以外に、女として明子は増田の気持に前から気付いていたので、この場でうろたえて将来のある増田から憎まれる損な羽目には立ちたくなかったのだ。

結婚していると聞いて、増田秀人は茫然《ぼうぜん》としたようだった。唾を飲んだのか、細長い首の中程で大きく咽喉《のど》が動いた。酔えば癖の青い顔である。

「誰とだ」

「申しあげても無駄でしょう」

「小柳とじゃないのか」

狼狽《ろうばい》している明子の瞳孔《どうこう》を射るように見て増田は自分の言葉を確認した。

才子は確認することによって、次の段階へ進むものなのだろうか、彼は唇の端に薄嗤《うすわら》いを浮べると、急にまともな表情になった。

「酔ったかな。冗談が過ぎたようだ。失敬するよ」

長身の背は意外に男らしく魅力的だった。明子をくどいたのが酔ったまぎれの冗談だったと云いきった増田の後姿を、明子は不愉快この上ない想いで見送っていた。

「いやな奴……」

思わず呟《つぶや》きが彼女の唇を洩《も》れた。

だが、明子が案じた程のこともなく、〇〇の連載小説の挿絵は小柳亮吉に決まって、正式に〇〇誌から依頼があり、増田と打合わせで会ってきた亮吉は、

「どうでした？」

と明子が様子を聞いても、

「ああ。僕とは呼吸が合うから終生コンビで行きたいなどと云っていた」

「いやみね」

「そうじゃないだろう。しかし、まあお世辞かもしれないな」こんな工合で、亮吉には何の変化も感じられなかったようだ。

明子に対しても、原稿とりで顔を合わせた増田は前と少しも変らぬ応対ぶりで、あまりにも変らなすぎるのが明子には腹立たしかった。酒の上とは云いながら、揶揄《やゆ》されたと思うのは勝気な明子には耐えきれなかったからである。

「これで最後ですね」

増田は穏やかな表情で最終回三十枚の原稿を渡したとき、明子に話しかけた。

「いろいろお世話になりまして」

「いやあ、こちらこそですよ。実は、あなたに感謝しなければならないことがある」

何か辛辣《しんらつ》なことを云う気だろうかと身構えていると、

「映画に売れましたよ」と誇らしげだった。

「まあ、これがですか？」

「光映にね。新人の小説にしては破格の値段でしたよ。何《いず》れ光映から申入れがあると思うけど、この最終回に映画化決定と謳《うた》っといて下さいよ」

「それはもう……」

「近日中に全額入りますから、そしたらお礼をかねて戸川さんの結婚祝いを贈ろう。何がいい？」

「増田さん……」

咎《とが》めるように顔をあげると、

「いいじゃないですか。あなたの社では知らぬ者がありませんよ。いつまでも隠しとくのは小柳君の為にもならないと思うな。お互いに浮気ならばともかく」

増田の云っていることも表情も、明子が疑いさえしなければ、それは男らしいことであるのかもしれなかった。

増田の云ったように、明子が小柳亮吉と同棲していることが社内には誰云うとなく知れわたっていたが、明子はそれも増田の口から出たことなのではないかと疑っているのだった。増田秀人が売れてきたので、編集長は俄《にわ》かに個人的に彼と交際し始めていたし、酒を酌み交わせば話題に明子に恋人がいるかどうかという話が出るのは想像に難くない。

しかし、そう云われて考えてみれば、戸籍はともかく亮吉と明子が夫婦であることを公表しない理由はなかった。

「ひとに云えるようにしたい」

と明子が再び云い出て、

「云えばいいじゃないか」

亮吉はこともなげに賛成して、明子を拍子抜けさせた。かつらを冠《かむ》って三々九度でもなかろう、教会で讃美歌に合せて式をあげるのも亮吉のできることではなかった。あらためて形を整えるまでもない、口伝《くちづ》てに云えばいいさ、交際範囲は狭いのだから、と、亮吉の意見に明子も反対するほど強い主張は持たなかった。振袖やウェディングドレスを夢みた少女趣味から、彼女はかなり早く脱却していたからである。亮吉の言葉を聞いて、もう隠さなくてもよくなったのだと思うと、急に心が晴れ晴れとした。今まで何故《なぜ》隠していたのかと、今更のように鬱陶しかった数カ月を省み、心の晴れた理由の一つに増田秀人の連載小説が終ったことがあるのに気付いた。明子一人が気骨の折れた十二カ月であった。終った、終ったのだと叫びたいような解放感だった。それが亮吉との生活の新しい出発点になる。仰々しい結婚披露をしなくても、明子は満足できると思った。

しかし結婚式や披露をしないのは、経済的な原因が実は一番大きいのかもしれなかった。明子の勤める会社は危篤状態で、作家の原稿料も支払い遅れで、編集部は頻々《ひんぴん》とかかってくる催促の電話に汗だくで謝っているという現状である。月給は分割払いで、それもひどい遅配で、明子は亮吉と一緒にならなかったら今ごろはどうして食べていただろうかと思う。亮吉も広告会社に勤める片手間の挿絵が売れてきたとは云っても、その稿料は僅《わず》かなものだったから、明子を迎えての間借り生活では、全くの話が結婚式どころではなかったのだ。

それでも結婚したと明子の口で編集部に報告すると、皆が喜んでくれたし、亮吉と明子にとってもはっきりケジメがついた。生活に計画性を持たせようという意識が生れて、当初は思ってもいなかったほど家庭を築くのだという気持が強くなった。ふと子供が生れる日のことを考えてみたりして、明子は自分に思いがけぬほど家を守る女らしさがあるのに気付いたりした。いわゆる同棲時代にはなかったことだ。

亮吉の暗い性格を、つとめて明るくしようと明子が励ますようになったのも、それ以来のことである。増田秀人の小説が映画化されたとき、億劫《おっくう》がる亮吉を明子は家からひっぱり出した。試写会の誘いが増田から来ていたが、それを断って、封切日に映画館へ出かけたのだ。

原作は「青く吹く風」というのだったが映画のタイトルは「肉体の嵐」に変っていて、内容も題名と同じ程変貌していた。増田秀人の甘い抒情性が影をひそめて、やたら激しい愛撫《あいぶ》と狂態が画面一杯に展開し、男も女も喚く泣くの繰返しで、明子は呆れ返って外に出たが、亮吉は疲れ果ててぐったりしていた。

「ひどいものね」

「うん」

それきり二人とも、その映画のことは忘れようとした。映画の中には増田秀人が居なかったが、小柳亮吉はもっと居なかったのだ。小説は映画に売れたり、単行本になって印税を稼ぐことがあるけれども、挿絵はその都度置いてきぼりだという運命を、亮吉も明子もはっきり見定めたのであった。女の明子は、やはり愚痴が出て、

「風景にだって、一つもあなたのタッチが出てこないのね。不勉強な監督だわ、雑誌も見なかったのかしら」

「女優もひどいものだった。まるで僕のイメージと違う」

「まるきり違っていたわね」

相槌を打ってから、明子は、はっとして亮吉の言葉を心の中で反芻《はんすう》してみた。僕のイメージ……。

小柳亮吉の挿絵が売れるようになった理由には、画面に漂う抒情性もさることながら、登場する女主人公がひっそりした美人であることがあげられる。事実、ハイティーンの少女たちを対象とした雑誌から毎月必ず注文があるようになっているのもそれを裏書きしていたし、大人の中にも小柳亮吉の描く女の顔にファンが随分ついてきていた。いつも同じ顔じゃないか、と同業の中で吐き捨てるように云う者がいたが、それが大衆小説の挿絵のコツで、どこの編集部も歓迎しているところだ。

編集者のはしくれで、明子もそれを知り、心秘かに誇としていた。彼女の予想では遠からぬ日、小柳亮吉は挿絵画家の花形になる。それを確信しながらも、明子が胸底の小さな不安を消すことができなかったのは、その絵の女の顔が明子の眼先でチラチラするからであった。

絵描きの妻が、夫の絵の中の女に嫉妬する——まるで小説の中にでも出てきそうな話だと、明子は自分を反省し、自分でナンセンスだと笑殺しようとしたが、しきれなかったのは、それが明子の口から出ると亮吉は笑殺するどころか深刻な顔をして考え込んでしまうからだった。

「自分でも、筆の癖だとは思わない。その証拠に、それ以外の顔は全部モデルの心当りがあるだろう？」

と、亮吉も云うのだった。

その女の顔が、亮吉の過去を探る手がかりになるのだろうか——そう思うと、明子は亮吉と共に彼の過去を知りたいと願おうとしていた日頃の努力が、何か力弱く萎《な》えて行くのを感じるのだった。

明子たちの編集している雑誌は四月号を最後に休刊することになり、会社の潰れるのも近いと見通しがつくと、明子は出勤する気もなくて、ずるずると家だけの生活に落着いてしまった。恰度、中野のアパートに空室が見付かって引越し、家庭らしい体裁が整ったのでいい機会でもあった。収入は急カーブに上昇してはいなかったが、ぼちぼち目安が上っている。

「順調だねえ、君のところも」

あるとき久々で顔を合わせたとき、増田はこんなことを云った。ブームの波頭に乗った形の彼は、自信が鼻先にぶら下って、皮肉に唇を歪《ゆが》めても前ほど軽薄には見えなくなっている。

「おかげさまですわ、増田先生の」

明子は下手《したで》に出て、作家と挿絵画家との関係というものを今更のように思い、下唇を嚙《か》んだ。いつまで彼から恩着せがましい云い方をされねばならないのだろう。

「いやいやお互いに実力というものですよ。小柳君の挿絵は僕がなくても立派なものなんだし、僕だって小柳君に描いてもらわなくても今日が来ている」

笑うと苦笑と同じように鼻からしか息が出ないのも、増田の癖である。

「はっきり云えるのは、僕も小柳君も、あなたなしでは今日は来なかったということだろうな」

「そんなこと。青く吹く風の前に、もう増田さんは作家でしたわ」

「純文学のね。大衆作家にはなっていませんよ。あの小説が、ああ当るとは思わなかったから」

当ったのは小説「青く吹く風」ではなく、映画「肉体の嵐」だった。その映画が空前のヒットになって増田秀人ブームは生れたのだ。映画界ではその新人監督と新人俳優のブームが生れているように。

折から週刊誌もまたブームであった。あっという間に増田秀人は流行作家にのし上った。増田と小柳亮吉のコンビは華やかに印象づけられて、増田が他の挿絵画家と組みたがっても読者の方が承知しない。

「お忙しいでしょうが、また一本おつきあい願いたいんですがねえ」

なぜこんな嫌味な云い方をするのだろうと明子は身ぶるいしながら、

「いやですわ、増田さん。そんなおっしゃり方なさらないで下さい。仕事のことでしたら小柳に直接、雑誌社からでも云って下さればよろしいんですよ。私は専らおさんどんで、この頃は小柳の仕事にあまりタッチしていませんの」

「幸福な若妻という意味ですか」もう決して若くない明子は、この言葉にも皮肉を感じた。わざわざ明子を呼び出したのは、いやな思いをさせるためだけだったのだろうか。

黙って顔を伏せ、肩で露骨に不愉快を示している明子を、増田も黙って煙草をふかしながら見守っていたが、やがて灰皿で煙草の火をもみつぶすと、云った。

「今度の連載小説は、実は新聞なんですよ」

その新聞の名をきいて、明子は驚いて顔をあげた。三大紙から外れるが、発行部数から云えば一流新聞に伍《ご》して劣らない。その小説欄に増田秀人が登場するとなれば、もう彼の地位は決定的になるのかもしれなかった。そして挿絵画家の小柳亮吉にとっても、声価を決するには決定的な場所だ。妻である明子としては多少の嫌な思いがあっても耐えて、夫の仕事に協力しなければならなかった。

「あなたもジャーナリストのはしくれだったのだから、よく分ると思いますがね」

増田は、また煙草に火をつけてから、煙がしみたのか眼を細めて、明子にまた話し出した。

「小柳君も小説がよくなければいい仕事にはならない。僕にとっての小柳君は、小柳君にとってのあなたのようなもので。そうでしょう、分りますね」

悪く念を入れて、しつこく、何を云い出すつもりだろうかと明子が息を詰めていると、急にサラリと笑ってみせ、

「と云い出すまでもなく、僕にとっても頑張らなきゃならない場合なんですよ。まず、代表作の第一になるようなものをと思ってるんだ」

「期待しますわ。テーマはなにになさるんです？」

「それが相談したいところなんだ」

増田の表情が引締った。彼は煙草をもみ消して、内緒話でもするように明子の方に顔を寄せてきた。

「小説のモデルは、小柳亮吉にしようと思っている」

「まあ、増田さん」

「新聞社に話したら、大変乗り気になってくれた。いや、もう他のタネに変えたら、おろされるかもしれない。小柳亮吉なら売出してきたところだし、戦後十余年いまだに癒えぬ戦災者の心を取上げて今日的なテーマでもあるわけだ」

「増田さん、小柳は苦しみますわ。引受けないかもしれません」

ひともあろうに増田秀人に亮吉を書かれてはたまったものではないと、それは明子の生理的な反撥《はんぱつ》でもあった。

「モデルといっても、その通りに書くつもりはないし、書けるわけのものでもない。小柳君を苦しめるようなことは決してないことを誓うよ。それに、若《も》し、この小説が評判になれば、小柳君の生い立ちが知れるかもしれないじゃないか」

「でも」

「それともあなたは小柳君の過去は知りたくない？」

「反対ですわ、むしろ。私は小柳と同じように、あのひとの出生を知る日が来るのを待ち望んでますわ」

「それなら賛成してくれていいじゃないか。いや積極的に協力してほしい。あるいは僕の小説が刺戟《しげき》になって、小柳君が昔の記憶を取り戻すことだって考えられないことじゃないのだから」

そんな小説のようにうまい工合になるものなら、医学の進歩を待つ必要はないのだ。救出されてから十三年近くも、いまだに過去の記憶が戻らない亮吉に、増田の小説ぐらいで健忘症の快癒《かいゆ》が起きる奇蹟《きせき》は期待できない。だが、明子は心と反対に増田に説得された形になっていたのだ。私も小柳亮吉と同じように彼の過去が知れることを望んでいると云ったのが言質《げんち》にとられた恰好で、増田は攻め立てたし、明子の内心にその新聞に亮吉の挿絵がのるという大事が消えず、到頭彼女は小柳亮吉の妻として、増田秀人に協力すると云ってしまったのである。

「具体的に云って下さい。私どうやって協力したらよろしいんです」

「いやあ、小柳君のコンディションを整えてくれればいいんですよ。連載小説は挿絵に負うところが多いのでね」

そんなことだけだったのなら、何も明子を呼び出して、亮吉をモデルにするのだなどと凄んで云うには当らない筈だ。明子は又もはぐらかされたような思いで、後味の悪さを噛みしめながら家に帰った。

気が重くて、亮吉に報告するのは憚《はばか》られた。いずれ新聞社からの連絡があるのだからと思い、そのとき断れるものならどんなに自分も気が晴れることだろうと思った。売出しの夫を持って、明子は今更のように、仕事というものの辛さを感じていた。

増田秀人の「忘れ得ぬ過去」という連載小説は、こうして始まった。内容をきかされていなかった亮吉は、二回、三回分として届く原稿を読みながら、無邪気に云った。

「これは、ヒットしそうだな」

「どうして?」

「意気込みが違う。増田君にしては珍しい。このカメラマンはいいね。翳のある男とでもいうのかな」

明子には小説に登場するカメラマンが小柳亮吉のことだと分っていた。夫の言葉に、いよいよ切り出しかねて明子は怯《ひる》んでいた。

物語は、何か不思議な雰囲気を持つカメラマンの登場によって、まず読者の好奇心が唆《そそ》られるような構成で始まっていた。大方の読者と同じように、小柳亮吉もプロットを知らずに読んでいるのだった。これまでも増田は挿絵画家に念入りな注文や、伏線についての説明などはしない主義だったので、亮吉も不審に思わない癖がついていたのである。カメラマンという近代的な職業を持つ男に、科学のまだ解明し得ぬ十字架を背負わせ、苦悩をただカメラという機械、精巧なレンズに託して生きている男——その暗さに惹《ひ》かれて、若く潑剌《はつらつ》とした女性が登場する。そして美しい抒情の中で二人が結ばれて行く。

増田秀人の筆は流麗で、小柳亮吉の挿絵も快調だった。道具の多い筋立てに頼らず読者を呼ぶ増田の力倆《りきりょう》に、明子もようやく眼を瞠《みは》る思いだった。嫌な奴と一概《いちがい》に思いながら、この小説に敬意を払わぬわけにはいかなかったのだ。

連載紙でも好評に気をよくして、担当記者が増田に声援を惜しまなくなるころ、ようやく、彼は満を持して矢を放つように、物語を急転させた。読者と同じときに、小説の女主人公も、そのカメラマンの過去を知ったのである。

戦争の災厄による前半性健忘症——明子は、その回の原稿を読んで眼暈《めまい》を感じた。小説の抒情に我を忘れて、またも明子は機会を失っていたのであった。彼女は、亮吉が原稿に添えてどんな挿絵を描くだろうかと、それを刑の宣告を待つもののような気持で待った。増田の原稿が締切時間ギリギリに届くので、新聞社の使いを待たせて亮吉は自分の部屋にこもって描く習慣になっていたのだ。

随分長い時間たってから、亮吉は挿絵を仕上げて部屋から出てきた。顔色が土のようだ、と明子は思った。

「寝るよ」

と云われるまで、明子は身の置きどころのない思いで、全身の皮膚を耳にして亮吉の一挙手一投足を聴いていた。彼はどう感じたか。どう苦しんでいるか。そして私はどう云ったらいいのか。だが、夜具をのべながらうかがうと、亮吉は夕刊を読み返しているだけで、見ようによっては明子のように動顚《どうてん》していない様子とも受取れる。

布団に入ってから、明子は闇になれた眼でそっと右隣の亮吉を見ると、まだ眠った気配がない。

「あなた」

「うん？」

「眠れないの？」

「ああ」

寝返りを打って向うを向く。明子は夫の背中を見守り、眼の奥がいよいよ冴えてくるのを感じた。起きて、思いきって亮吉の背に躰《からだ》をつけた。振向いた彼は、習慣的に明子を抱き寄せたが、明子の求めた唇にあわせた亮吉の唇は力なかった。

「どうしたの、あなた」

「どうして」

「なんだか、変みたい」

「ああ、ご免よ」

疲れているのだと溜息《ためいき》を吐くように云って、亮吉は明子の胸の上に置いていた手を外して仰《あお》向《む》いた。亮吉の横顔が暗い中で恐怖のマスクのように明子の網膜に灼《や》きつき、明子は胸の中が凍るような思いだった。明子一人が興奮して亮吉に武者ぶりついたとして、結果は今よりもっと惨めだということが分っていた。

その夜から、夫婦の営みが二人の間に失われた。亮吉は明らかに妻を退けたことにこだわっていたようだが、そう気がついてからも彼にはどうすることもできなかったらしい。そして明子は、増田秀人の小説が亮吉に与えた衝撃の深さを確かめていたのである。

「ご免なさい。私、知ってたんです」

「……？」

十日も暗い日が続くと、耐えきれなくなって明子は告白したが、

「僕だって引受けたさ。小説の中ででも自分の過去が探れるのなら面白いよ」

「面白いなんて」

「じゃ、今になって、どう思ったらいいのだ」

亮吉の顔も声も厳しかった。

他にも仕事がないわけではないのに、亮吉の毎日は増田の原稿を待つという明け暮れに変っていた。もとより心待つ楽しさはなく、待つ時間につれて辛さも嵩《かさ》んで行く。届いた原稿を貪るように読み、そして全身からしぼり出すようにして挿絵を描く。過去を知らない辛さが、小説の主人公より強く小柳亮吉を虫食《むしば》んでいるのだった。

その傍《そば》で、明子は手を束《つか》ねていた。何をすることもできないのだった。何もせずに、ただ亮吉と同じように苦しんでいた。いや亮吉が苦しむのとは異質な苦しみに違いなかったから、この二人のどちらがより大きな苦悩と闘《たたか》っているか較べることができないというのが正しいだろう。

増田秀人の小説の中で、女主人公も苦しんでいた。この場合は明子以上の苦しみと云ってよかったかもしれない。小説の中では、カメラマンの過去を知る女が登場したからである。健忘症以前の恋人と、健忘症以後の妻。このドラマティックな展開に、読者の興味は募り、いよいよ「忘れ得ぬ過去」は評判になってきた。

映画会社が続々と映画化を申しこみ、各社がしのぎをけずっている。前々からのつきあいと、条件のよさが功を奏して、光映に映画化権が落ちたが、小説が終らないうちに小説とタイアップして宣伝しようというプランが、すぐに実行に移された。主演に決まった男女優が、原作者の増田秀人を訪問したPR記事が、娯楽雑誌や週刊誌に発表された。

「まあ、モデルがあるんですか」

「誰なんです、先生、教えて下さい。会って演技の参考にしたいと思います」

とせっつかれて、増田はためらいもなく、

「それは挿絵を描いている小柳君ですよ」

と云ったものだ。それからしばらく、小柳亮吉と明子は訪問者の応対に忙殺されなければならなかった。

新人の挿絵画家の中で、もともと亮吉は異色であった。画風もそうだし、第一正規な絵描きの修業をせずに世に出た。明子以外の知人に引立ててもらったおぼえもなく、つきあいが悪いが、つきあいのできた人々からは決して評判が悪くない。かねてから、あれは何者だろうと興味を持つ者は持っていたのである。それが、急に増田秀人の言葉でスポットをあてられたのだ。

ある週刊誌は「心の旅路をさまよう男」というトップ記事にあわせて小柳亮吉の日常生活をグラビヤ特集した。ある雑誌は明子に手記を書かせようとして攻め続けた。

「書けませんわ。小説と現実とは違いますもの。私どもには書くようなタネありませんよ」

「しかしですねえ、小説の読者は、あのヒロインはあなただと思っているんですから」

「迷惑ですわ。小柳だって、ここもとたまらない気持でいるんです」

「ですから、小説に対する反撥でもいいんですよ。なんなら口述筆記でも結構です」

「堪忍して下さいな。あの小説を読むだけで頭の中が一杯なんですよ、私たち」

やっとの思いで断れば、この会話に粉飾がほどこされて活字になっている。ほとほと明子は手を焼いた。

が、ある発行部数の全国的に大きい週刊誌が、念入りに「謎の女が握る過去」という記事を載せたとき、それを読み終った明子は彼女が秘かに懼《おそ》れていたものが人目にふれてしまったという思いで愕然《がくぜん》としていた。

「小柳亮吉の知らぬ過去——その謎を解く鍵がたった一つ残されている。それは、彼が描く挿絵の女だ」

挿絵の女——明子には似も似つかぬ容貌を持つ女は、明子にとって当初からの心懸《こころがか》りだった。週刊誌に示唆されるまでもなく、明子は幾度となく挿絵の女のモデルが自分の前に立つときのことを想像していた。そして、その都度吐け口のない焦躁感に苛立ったものであった。

明子は、その週刊誌を、亮吉の眼に止まらぬように、すぐに処分した。それ以後、彼について書いてある雑誌類は、全部明子の手で始末することにした。

増田秀人の小説は、二人の女の運命的な対決の中で、主人公のカメラマンは突然戸外に飛出して雲のない青空を写したり、暗室で薬の操作を誤ってフィルムを無駄にしたり、次第に正常さを失い始めていた。妻は、それを叱り、彼を覚醒させようと努力し、昔の恋人は春風のように優しく、彼に離れていた過去を招きよせようと、子供のころの想い出を飽くことなく囁《ささや》く。

その頃から、明子は頻繁に舞い込む読者の手紙に悩まされ始めた。

「小柳亮吉さま。あなたこそ、私が待ち続けていた松井清次さんです。清次さん、思い出して下さい。私を。私こそ、忘れ得ぬ過去の静子です……」

いたずらにしては手がこんでいたり、熱が入りすぎていたり、よく読めば小説好きの創作だということや、やや異常な精神状態にいる娘などの走り書きだということが分ったが、もしやという期待と不安の入り混った複雑な気持から明子は黙殺することができず、どの手紙も丹念に読んだし、差出人の住所氏名を努める意識はなかったが覚えこんだ。中には、戦死の公報をいまだに信じられない母親の、息子の氏名、生年月日、特徴などを克明《こくめい》に記した手紙もあり、明子はそれはまたそれで強く心うたれた。戦争が人間に与えた被害の一端を、あらためて見た思いが、自分自身にこんな繋《つな》がり方をすると、明子は辛いばかりで却《かえ》って理性を失いかける。小説が、昔の恋人にばかり同情的なので、明子を慰める手紙は一本もこない。そればかりか、あなたの勝気さが、御主人と過去を阻《はば》むものなのではないかと、したり顔の忠告が来たりする始末である。

「読むなよ、そんなもの」

亮吉は眉をひそめたが、実は彼自身の心の中に、明子が読んで処分してしまう手紙を自分の手で開いて読みたい欲望がひそんでいるのを、彼も明子も知っていた。明子は読ませたくない。亮吉は明子の気持を察して読まない。小説の中に現れている妻の嫉妬心が、そのまま現実の彼ら夫婦に影響を及ぼし、二人は三すくみになっている状態だった。

小説の中では薄紙がはがれるように、カメラマンの記憶はよみがえる。彼は昔の恋人を、憑《つ》かれたように撮りまくっていた。レンズを透《とお》して、彼の眼は被写体を射る。すると恋人は、火のように燃えた眼をしてカメラマンを見返し、そして云った。

「私、脱ぎましょうか」

全裸になった恋人を、カメラは角度を変えて執拗《しつよう》に撮影を続ける——増田秀人の得意とするエロティシズムが匂い立つ。そして、亮吉の挿絵は、生き生きとして、例の女性の裸身を、様々な姿態に描き示すのだった。

そんなある午後、小柳亮吉の住むアパートに一人の少女が訪れた。彼女は高校を卒業したばかりの、世間知らずな娘である。ただ小柳亮吉の絵のファンで、雑誌で彼の住所を知ると、矢も楯《たて》もたまらぬような気持で、無邪気に向う見ずに彼を訪問することを思いついたのだった。

二階に上って、小柳亮吉という表札の下にあるブザーを押すと、間もなく扉が開いた。彼女の顔を見ると、明子は胸を衝かれたように息を呑んだ。

眼を瞑《つぶ》って物を云わぬ女に、少女はてれくさく、

「あのオ……」

云いかけると、かぶせるように訊いた。

「あなた、静子さん？」

反射的に肯くと、明子はううッとうめき、そのまま音たてて倒れた。忘れ得ぬ過去の最終回の挿絵を描いていた亮吉が、驚いて出てきた。

アパートの同じフロアは昔の隣組で、すぐ手分けして医者に走る人があり、介抱を手伝う人手にも困らなかったが、亮吉は茫然としている少女から経緯をきいて、彼女の名前が偶然小説の恋人と同じ静子という名前だったと知ると、疲れきった笑いを片頬に浮べた。苦笑というより、もっと寂しいやりきれないものであった。

意識を回復した明子は、しかしすぐに錯乱して、

「あなた、静子さんに会った？」

「会わないよ」

「うそ。会ったくせに」

ひいッと泣き出して、

「会ったくせに、うそをつくのは、静子さんがやっぱり恋人だったのね。そっくりだったわ、挿絵にそっくり。ああ」

狂ったように喚いたり、手に当るものを取って投げたりするのだ。

医者は、入院をすすめた。神経科の医師はものなれた様子で、この程度のものなら三カ月も暗示療法をすれば癒《なお》ると云った。

「僕よりは始末がいいわけですか」

医学に対する皮肉ともつかず、自嘲《じちょう》ともつかず、呟くように亮吉は云った。

明子のいなくなったアパートの二部屋は、急にガランとして、一つの仕事が終ったという虚脱感が漂っていた。その中で数日の間、亮吉はぼんやりと暮し、のろのろと惰性的に次の仕事にかかっていた。こんな工合では我ながら困ると思い直し、思い立ってずっと掃除しない部屋の整理を始めた。隅のカーテンを開けると、亮吉の挿絵のスクラップが棚に何冊もならんでいる。明子が几帳面に切りとって貼ったものなのだ。

いつかこの中から秀作を選んで本にしたい、と明子が云っていたのを亮吉は思い出した。小柳亮吉の仕事は、そのまま私たちの歴史なんですものね。そうよ、絵日記だわ、と云ったのも思い出した。

苦しみを、明子が背負って病院へ入ってしまったが、帰って来るときは荷は病院へ置いて身軽くなって帰るのだろう。雲が切れる日は近いのだ、と亮吉は、始めて自分の努力で明るい日を望むことができた。室内の整頓は忘れて、彼は本棚の前にどっかと胡坐《あぐら》をかいて、スクラップ・ブックを端から順に抜き出してみた。

何冊目かを取出して、ふと本棚の奥に、何か別のものがあるのに気がついた。ハトロン紙の大きな封筒に入れたものに、更に麻紐《あさひも》がかかっている。表書きがないので気になって紐をとくと、中から出てきたのは封筒の大きさのまちまちな手紙だった。例の、小柳亮吉の過去を知っているのは私だという調子の投書類である。

「週刊誌で写真を見たときは息が止まりました。小柳さん、あなたこそ私の恋人、死んだとは思いきれずに待ちわびていた彼です。十年前と、同じ顔。あなたはちっともお変りにならない……。ああ小柳さん、小説の静子は私です。私以外の誰でもありません。信じて下さい……」

亮吉は、二三通に目を通すと、それらを両手にわし摑みにして、サンダルをはいて階下に降りた。アパートの正面玄関の前に、庭とはよべぬ小さな空地がある。塵芥《じんかい》捨てるべからずという立札にもかかわらず、ごみためになったりする場所だ。亮吉は、そこにかがみこむと、手紙類をがさがさと手荒く揉《も》んで一カ所にあつめ、胸のポケットから探り始めてズボンの尻ポケットでようやくマッチを見つけると、棒を一本とり出して、また手紙の上にかがんだ。

「小柳君じゃないですか」

声をかけられて振向くと、増田秀人がぞろりとした和服姿で立っていた。

「奥さんが病気だそうですね、昨日きいて驚きましたよ。お見舞旁々《かたがた》、連載中のお礼も云いたくて来ましたよ」

「明子は留守です」亮吉は立上らずに、ちょっと増田を仰いで云った。

「出かけたんですか。なんだ、病気はもういいのか」

「全快しましたよ」

亮吉はマッチを擦り、手紙に火をつけた。増田を背中で黙殺していた。

「ほほう、ファンレターですかね。小柳君の人気は大したものだな」

増田秀人の口調が、亮吉はもう我慢がならなかったが、彼は押し黙って手紙を焼き続けた。一枚のこらず燃やしつくすと、亮吉は立上って云った。

「明子は留守ですよ」

「いや、あなたにも相談があるんですよ。またぞろ連載の話ですがね」

「飽きましたな」

亮吉は吐き捨てるように、もう一度云った。

「飽きましたよ」

増田の表情は白く動かなかった。やがて、彼の唇が片方にひきつると、薄ら嗤いが顔に浮んだ。踵を返して帰って行く後姿は、右肩が不自然に怒って、背後に侮蔑を残しているような形だったが、亮吉はそれに勝《まさ》るもので増田を睨《ね》めつけていた。

理由もなく人を傷つけ不快に陥れる性癖を持つ人間に対して、亮吉は烈《はげ》しい怒りを感じたのだ。過去の記憶は遂に帰らないのかもしれなかったが、長く忘れていた怒りという人間らしい感情がよみがえったのだ。

明子、と亮吉は心の中で叫んだ。明子が帰ってきたら、この腕の中に前よりもずっと強い力で抱きしめてやろう。激しく、明子を愛して、彼女の心の中に挿絵の女など入りこむ間隙《かんげき》など無いようにしてしまうのだ。亮吉は木のサンダルで、土に残った灰を幾度も踏みならしていた。

（「オール讀物」一九五九年七月）

指輪

（P）

雑誌《ジャーナリスト》の編集者というのは、よほど忙がしい職業に違いないと私は思う。というのは、S誌のY君が私に推理小説を書けと注文しにきたからだ。私がテレビの推理番組に探偵としてレギュラー出演しているということを小耳に挟み、彼としてはザンシンな企画を思いついたつもりなのであろう。

が、彼の訪問を受けた私の方では当惑していた。そして、やがて私は彼が多忙な日常、テレビの前で神経を弛緩《しかん》させる暇を持たず、したがって私の出演する番組を一度も見たことはないに違いない、と推理したのである。

まったくの話、あの番組を一度でも見ていたら、私に推理小説が書けるなどという途方もない考えは思い浮ばない筈《はず》である。十五分ほどの間に事件を展開した後で、徳川夢声氏を探偵長とする池田弥三郎氏、江川宇礼雄氏、それにかく申す私の素人探偵たちが、それぞれ珍にして妙なる意見を交換し、犯人を推理する。この間約十分。最後に天の声があって正しい絵解きがつくという建前なのだが、今までの成績では十件のうちズバリ見事な推理を下したのはたった一件という悲しさ、探偵長は自ら「ぼんくら探偵局」と命名したほどである。

筋書を前もって知らされているのかとはよく訊かれるところだが、

「いえ、探偵の方はぶっつけ本番です」

と答えたら、相手は首をかしげて、

「それにしては当りませんな」

と云《い》ったという一つ話さえあるほど、サンタンたる体たらく。

それでも徳川探偵長は老練であり、池田探偵はアルバイトが大学教授だから思考力は重厚にしてやや的確、江川探偵は驚くべき博学と、それぞれに持ち味を誇っている。中で最も哀れを止《とど》めたのが、紅一点の有吉探偵なのだ。科学知識ゼロ、記憶力ゼロ、整理の才能全くなしだから、お喋りの口は勝手に動いても云うことに一向筋道がつかない。

「つまり、女だからですね」

辛うじて逃げ道を思いつき、女は男より頭が悪い、私は他の探偵諸氏より頭が悪い、だから私はユウに優しき女であるという三段論法に落着いたころ、

「ナニ、当らない方が聴視者は喜ぶですよ。要するに彼らの優越感にサービスしているんですな、われわれは」

探偵長もていのいい負け惜しみを売りものにし始めていた。

ところで、私は口が酸っぱくなるまで右の次第を説明し、Y君に一考をうながしたのだが、彼は一向に動じる気配がなく、まあ書いてみたらどうだと云うのであった。

「頭のいい人ばかりが推理小説の作家じゃありませんよ。頭脳明晰が書いたのは、えてして種が早く割れて、読んで面白くないものです。そこへ行くと、頭の悪い作家の推理小説は、読者も一緒に迷路に迷いこむから、仲々イカスという結果が生れる場合もあるんですよ」

妙なことになってきた。私は頭の悪い私を才女などという流行語にたぶらかされて頭がいいと思いこまれ、その上できた注文かと慌てたのに、それがどうやら自惚《うぬぼ》れであったらしいのだ。Y君の論理でいけば、私はその頭の悪いところを見込まれてしまったようなのである。これには本当のところ困ってしまった。頭がいいと思われたのなら誤解を解いて断るすべもあるけれど、お前は頭が悪いから面白い推理小説が書けるであろうと正面切って云われては、断ってはいかにも自分では頭がいいと思いこんでいるように見えようし、いたって小心な私は心の底から困惑したのである。

「とにかく書いてごらんなさい。〆切《しめきり》まで、たっぷり時間をあげますから。じゃ、又来ます。さようなら」

Y君は、勝算ありげな顔をして帰って行ってしまった。私は雑然としている自分の部屋を幾度も見廻《みまわ》しながら茫然《ぼうぜん》としていた。そしてその夜、私の予定表には、「△△日まで推理小説」

と気弱な文字が並んだのである。

（1）

「ことわるってことが、どうしてこう不得手なんでしょうね。世間じゃバカだって云うに違いないわ。仕組みどころかタネさえ宛てのない現状よ」

翌日、千代子が訪ねてきたとき、私は右の次第を一渡り面白おかしく話してきかせた。いや、事実を更に喜劇的に脚色していた。というのは、この日の千代子の雰囲気が妙に沈鬱なものであったから、私は必要以上に燥《は》しゃがなければならなかったのである。

河上千代子、いや今では森山千代子と呼ばねばならないのだが、彼女と私は女学校の同級生同士である。クラスで特別仲良しというのではなかったが、この三年ばかりの間に旧交を温めていた。理由は彼女が日本舞踊の名取りであり、自身も梶川《かじかわ》徳千代と名乗りながら、その上彼女の師匠の一人息子と結婚して、純然たる職業舞踊家になっていたからである。私が全くの門外漢でありながら古典芸術に興味を持ち、歌舞伎や舞踊劇を書くようになった昨今、ごく初歩の技術的な知識を得るために、私の方から意識的に彼女に近寄り、その後は仕事の上で彼女の夫である梶川寿徳《ひさのり》と交際《つきあい》もできたり、近頃はかなり親しく行き来していた。

だが、前触れもなく突然千代子が私の家に現われたのは、これまでに例の無いことであった。

しかも、夜かなり晩《おそ》い時間だったのである。面長で色白で、全く日本舞踊むきの美しい千代子は、この日ひどく青ざめていた。白っぽい縮緬《ちりめん》の着物が、どういうわけか異常に白っぽく私の目に映った。

「どうかしたの?」

「ううん。なんでもないんだけど、急にあなたの顔が見たくて来たのよ」

細い眼《め》の黒い瞳に見詰められて、私はいや何かあったのだろうと押し返して問いかけることができなくなった。咄嗟に梶川寿徳との軋轢《あつれき》かと察したから、私は他の話題も封じられた形で落着かなかった。

千代子は、その顔立ちに似合わず軽口の上手な明るい女だった。女学校時代に「芸者になりたい」などと云って、それが担任教師の耳に入り、良家の子女を育成していることをもってモットーとしている校規の前で、激しく叱られたこともある。家は中流の、ごく堅い当り前の会社員の娘なのに、小さいときから稽古していた日本舞踊に熱中して、上級学校進学も志望せず、芸の修業に打込み、将来は武原はんになるのだなどと云っていた。

その頃の私には遠い世界だったし、グループが違っていた関係もあって、私はあまり彼女に注目していなかったが、謝恩会の劇中劇で彼女の日本舞踊を活用したことがあり、そのとき分らぬながら、これはかなりの上手に違いないと思ったことはあった。

だから、三年前、彼女が熱烈な恋愛の末、日本舞踊家と結ばれたと知ったとき、千代子らしい話だと思い、さして奇異には感じなかったのだが、後に彼女から聞かされたところによれば、彼女の家庭では大反対で、結婚までには随分難航したということであった。

梶川寿徳は、千代子より十歳年長で、だから現在は三十六歳になるわけだが、一昨年の私の初対面の印象では齢《とし》より更にふけてみえた。が、にもかかわらず彼は美男であり、花柳界のいわゆる「いい男」という言葉にぴったりはまりそうな感じだった。千代子と二人並んで立つと、夫婦というより「いい仲」の二人を見ているようで、私はなんだかくすぐったいような奇妙な思いをしたのを覚えている。

案の定、千代子の告白するところによれば、寿徳こと本名森山尚《ひさし》は、千代子を妻とする前、すでに数名に上る女たちと交渉があった。全部が素人でないという理由で本人にも罪悪意識はなく、千代子も過去は苦にしないのだと笑っていたが、結婚後の素行について尚が千代子に貞節を守っているかどうか、私にはかなり疑問に思われた。

が、当の千代子は昔より更に調子がよくなって、花柳界の用語などをフンダンに喋り飛ばし、私がものを書く上の常によき顧問《アドバイザー》となってくれた。梶川寿徳は母親の後を継いで、三流の土地だが花柳界の芸者相手の町師匠になっていたから、その社会の裏話などを聞くには絶好の相手だったのである。私の誘い方如何《いかん》で、千代子はかなりきわどいことも上手に話してくれた。未経験の私が、ひどく大人びたタネを持っていると人に不審がられる裏には彼女がいたのである。

「必要」というものを持ちながらも、そんな気楽な付き合いだったから、突然の千代子の訪問には私はかなり面喰《めんくら》ったし、それだけに緊張もしたわけだったのだが、なんでもないのだと云われてしまうと、厳粛に待ち構える態勢もとれず、私はてれかくしに喋りまくるよりテがなかったのである。しかも当りさわりのないことに話題を限れば、いきおい私自身の間抜け加減を披露するよりない。

「推理小説なんて、もともと私は好きじゃないのよ。読んでも最後まで犯人が分ったためしが無いんですもの。第一、読者の知能程度を試すなんて小説、無礼だと思うわ」

だが、こんな云い方をしても、千代子はニコリともしないのだった。私の洒落《しやれ》や冗談が通じても通じなくても、笑い過ぎるほど反応する必要であったのに。これはよほどの心痛があると思われたが、私にはくそ真面目な顔で、「心の中を打開けて頂だい」などと云う才覚がなかった。

するとややたって千代子は形のいい唇を開くと、

「あたし、タネを上げようかしら」

と云い出したものだ。

「あら」

私は大仰に喜んで見せた。

「頼むわ、頼むわ、是非ね」

千代子は幽《かす》かに笑った。そして、じっと左の指にはめた結婚指輪を見ていたが、静かにそれを抜いて、卓の上に置いたのである。

「これよ」

「ええ?」

驚いている私に、千代子は真面目とも冗談ともつかぬ顔で、

「これがタネよ」

と、云うと、にわかに笑い出した。

「ねえ有吉さん、あたしこの一二年で何が楽しかったと云って、あなたとお話できたことほど楽しかったこと無かったわ。それを急に云いたくなって来たのよ、今夜。それでね、さっきから何故《なぜ》楽しかったのだろうって考えてたの。今やっと分った。あなたって、生活の中に嫌だと思うことが無いんじゃないかしら。だから、あたしはあなたに会うと心が晴れたのよ。あなた自身は幸福かどうか、それは知らないけど、あなたに会うと幸福な気分に浸れるのはきっとそのせいね」

早口で、私は口を挟む暇がなかった。千代子は、もう立上って裾を直しながら、

「ああ、やっぱり来てよかった」

と、もう帰り支度だった。

「いやだわ、推理小説のタネはどうなったの?」

「もう晩いでしょ。時間が無いから、またこの次ね」

「勝手なひと。私は何事かと思って心配したのよ」

「ごめんなさい。でももう大丈夫」

そのまま部屋を出ようとするのに私は驚いて、

「ちょっと、大事なもの忘れちゃ大変じゃないの」

と指輪を取上げると、千代子は振返りもせずに、

「置いて行くわ」

と云って、階段を降り始めていた。私の部屋は二階なのである。

「冗談じゃないわ。これ、エンゲージリングでしょ？」

「でも小説のタネだって云ったじゃないの。あなたに上げたのよ」

深夜、家の者は寝鎮まった玄関先で、この押し問答は不気味だった。

「変なこと云わないで。寿徳さんに訊かれたらどうするの」

「有吉さんに貸したって云うわ。事実なんですもの」

私は思わず強い声になっていた。

「千代子さん、いけないわ」

すると千代子は私の顔を振仰いで、始めて彼女の持前の表情でにッと笑った。

「ごめんなさい」

小さい舌をひょいと出して、肩をすくめ、

「じゃアね、ちょっとだけ預ってて。わけは今度話すわ」

もうそれ以上、私もしつこく返すことはできなくなった。

送らなくてもいいと云ったが、私はそれだけは強引にタクシーを拾えるところまで千代子についてて歩いた。道々、彼女はすっかり快活に戻って、売春防止法が花柳界に適用されない理由について彼女特有の考察を喋り散らしていた。

（2）

千代子が死んだという報《しら》せを受けたのは、それから数日後である。

寿徳の一門である梶川徳江から電話でそれを知らされたとき、私は全身に悪寒を覚えた。あの夜の記憶が指輪にからまりついて何時《いつ》までも薄気味悪く、私は机の抽出《ひきだ》しに蔵《しま》ったまま手にとる気にもなれずにいたところである。

「急病で？」

「はア、前から神経衰弱気味でしたから……」

梶川徳江は四十歳ときいたが、見たところは寿徳より若く、玄人《くろうと》の弟子の多い中で有閑マダムの暇つぶしに習いに来ていると何時だったか千代子が云ったことがある。上手ではないし、

と り立てて芸熱心というのでもない。が、金持ちの奥さんだから、と千代子は言葉を濁して、日本舞踊家の経済的基盤が温習会などの消費経済の上に成立っていることを私に感じさせたものだ。

若くは見えても電話で聞けば確かに齢の声で、かなりのしっかり者で口ごもることのない人だったのに、私の問いかけにあいまいな返事をしたのは、これはきっと何かあったと気付いたが、なんにしても電話で訊けることではなく、

「すぐ行くわ。お通夜は?」

「一昨晩すませました。昨日がお葬式で」

「まあ、どうしてもっと早く報らせて下さらなかったの?」

「何しろ急なことでございましたから、もう誰も彼も気がうわずってしまいまして、有吉さんとお友だちだったことも私が思い出して申しましたら、まだお知らせもしてないということで、それで慌ててお電話したんですの」

愁傷すべき事件を語るためか、徳江は鄭重《ていちょう》な言葉つきだった。何時もなら、

「急なことでしょう? テンコシャンコでうっかりしちゃったのよ、ごめんなさい」ぐらいの親しい口をきく人であったのだが。

それにしても私はすぐに霊前に詣でなければならなかった。あの社会の香奠《こうでん》の常識額を千代子のおかげで知っているのを悲しいと思いながら、私は例の指輪を白いハンカチに包み、黒い

スーツのポケットに蔵った。なんと云って寿徳に差出すべきか言葉を考えるうち、これは迂闊《うかつ》に云わぬ方がいいのではないかと思い迷い始めた。

寿徳の家は、弔問客もひいて鎮まり返っていた。玄関の小さな家で、何時もは弟子たちの履きもので一杯になっている三和土《たたき》に、黒いエナメル草履がただ一足置かれているだけなのが印象的だった。内弟子の園子が私を認めると、すぐ引込んだ。

「まあ、まあ、有吉さん」

入替りに現われたのは徳江であった。喪服姿ではなく、彼女の平常にすればやや地味な着物を着ていたが、どこかあでやかな夫人である。

まるで久々に知人を迎えたような愛想のよい顔に私は戸惑いながら、挨拶の言葉もなく靴を脱いだ。まったく彼女に対して挨拶の言葉がある筈はない。梶川徳江は千代子の夫の弟子で、姻戚関係はないのだから。

「梶川さんは?」

「尚さんですか? それが組合の幹事会に呼ばれて出かけたんです。お線香をたやしてはいけないといいますから、私がお守りしてるんですよ」

千代子は、もう白木の箱の中に小さく鎮まっていた。黒枠の写真は、舞台姿を引伸したもので、その鬘《かつら》と着物の柄は私に見覚えがあった。清元「夕立」の滝川である。去年の春の温習会に、夫婦で踊っていた。小猿七之助というぐれん隊ばりの男が、御守殿女中の乗った駕籠《かご》を襲って、女を犯し、犯された女が今度は積極的に男を追うという露骨な筋を清元の名曲で運ぶ情緒豊かなものである。千代子の面立ちに意外に適って、私は堪能した。

「よかったわ」

思わず心をこめて褒めたのに、千代子は皮肉な微笑で、

「有吉さんには分りっこない筈だけどな」

と答えたのを、私はつい昨日の出来事のように覚えている。

その千代子が、もはや唇も動かせぬ写真だけになってしまった——。私は手を合わせることも忘れて、仏前でただ茫然としていた。

徳江は私が座布団に戻るのを待ちかねたように、

「吃驚《びっくり》なさったでしょ?」

と云った。

そして私は彼女の口から、千代子が自殺したということを知らされたのである。服毒。遺書はない。

「原因は?」

「それが全然、尚さんも心当りが無いと云います」

「でも死ぬ前に何か変ったことはなかったのかしら」

「さあ……」

私は危うく例の指輪の一件を話出すところであった。が、その前に徳江は、こんなことを云い出したのである。

「千代子さんは明るくって、嘘もかくしもないような人でしたからねえ。ほら、根が素人さんでしょう？　水商売で苦労した子は娘のときから知恵がついて、若くても信用できないもんですけど、千代子さんはそうじゃない。それが私も気に入って、尚さんと結婚すると決ったときは大賛成だったんですよ。ですからね、お祝には私が指輪を贈りました。齢ですねエ、自分の娘のように思ったのかもしれません」

「指輪って？」

「エンゲージリングですよ」

私は何故かぎょっとしていた。勘というものだろうか、先夜のことは迂闊に口にはできないと考えていた。

それにしても、この梶川徳江というのは何者だろう。千代子を「私も気に入って」とか「賛成した」とかいう口をきき、しかも指輪を贈るという立場は、やはり千代子が生前云ったとおり、梶川寿徳にとってパトロンの如き存在であるからなのだろうか。だから寿徳の留守を預って仏前を守ってもいるわけなのだろうが、それならば千代子が死んだときその指輪をはめていなかったことを、どう考えているのだろう。

私は、訊かずにはいられなかった。

「その指輪、どうなさいました?」

「千代子さんのですか?」

「ええ」

「一緒に焼きましたよ」

ことともなげに云われて、私は思わず徳江を見詰めていた。

「だって」徳江は妙な顔をしながら、「そうするものなんじゃありません?」

「亡くなったとき、指輪をはめてらしたんですね?」

「ええ。寿徳さんが留守のときで、婆やさんから私に電話がかかってきましたから、私が最初にかけつけましたしね、納棺のときも立ち会いましたけど」

「指輪ありました?」

「ええ」

徳江は、私の執こい質問がようやく不審になったらしい。で、私は急いで話題を変えた。それが礼儀と思い、私たち二人は新仏《あらぼとけ》の生前の美しい舞台姿について、同じ記憶をしみじみと反芻《はんすう》したのである。

だが、そのうち私はまた奇妙なことに気がついた。話をしているときの徳江が、癖なのだろうか始終右手の指で左手の指輪をいじっているのである。薬指に、白っぽい金の結婚指輪と、プラチナ台のダイヤの指輪が重ねられていた。美しい人に似合わず太くて短かい指をしていることにも気づいた。私は見まいとしてもつい目がそこへ行くので、それを誤魔化すためにまた指輪の話をし始めた。

「いい石ですこと」

こんな口は生れて始めてきいたので、私は汗を掻《か》いていた。

「これ？　三キャラにちょっと欠けますの。でも質《たち》はいいんですのよ」

「カットが少し変ってるんじゃありません？」

「え、新しいブリリアントカット。さすが有吉さんね、お目が高い。銀座の篠宮が自慢してましたのよ」

当てずっぽうに云ったのに、とんだ大当りで、しかも徳江が宝石の話をするときは貴婦人のような言葉遣いになるという意外な発見もあった。

「まあ篠宮ですか」

ダイヤのような高価なものには手が出ないが、私も二三度細工を注文したりしたことのある店であった。

「ええ、篠宮。若いころからずっとあの店ですの。ですから珍しいものが入ると必ず知らせてきます」

このとき、寿徳が帰ってきた。徳江は玄関の戸が開くと、すぐ腰を浮かして迎えに立った。パトロンにしては身の軽いことだと、つい私は皮肉な観察をしている。

「有吉さんがいらして下さったのよ」

「そうですか、それはそれは」

梶川寿徳は和服姿であった。鄭重に私の愁傷に応え、土地の芸妓組合と来月の踊りについて打合わせをしていたのだと云いながら、徳江にも丁寧に留守番の礼を云った。

「賑やかにしていたら千代子さんも喜ぶでしょうけど、私も世帯持ちですからね」

そう云って、彼女はすぐ帰ってしまった。

寿徳と二人になって、私は急に落着かず、こんな場合若さは話題にこと欠くものだとつくづく思っていた。寿徳も、しばらく黙っていたが、急に、

「徳江からおききですか？」

と私の顔を覗きこんだ。自殺のことだろうと思ったから、深刻な顔をして、

「ええ」

肯《うなず》くと、

「お喋りな女ほど大事なことは云わないものでしてね」

苦笑していた。

突然わけのわからぬ妻の自殺に遭った夫の感懐かと、私は言葉を失っていたが、

「その小山っていう男を、有吉さんはご存じでしたか？」

「なんですって？」

「なんだ、徳江は云わなかったんですか。実はね、有吉さん、千代子には男がいたんですよ」

(3)

千代子が遺していった指輪は、純金で、形は普通のカマボコ型ではなく、角型と呼ばれる洒落たものであった。なんとも不審な気分で、遂に指輪の一件には触れずに私は家に戻ったのだが、取出して眺め見るうちに、その形がどうやら徳江と同じものらしいと気付いた。十八金なのに、それほど黄色く見えないのは、角型のせいで、その上にかるくいぶしがかかっているからだろう。これもまた篠宮の製品であろうかと私はリングの内側を見て、おやと思った。

英文字が彫りこんである。T・K。はっきりとそう読めた。

「エンゲージリングに彫りこむ頭文字は、何と何を組合わせるものなんでしょう?」

その夜は恰度《ちょうど》日曜日で、テレビの出番を前に雑談しているとき、私は思いついて徳川探偵長に訊《たず》ねた。

「彼の名前の頭文字と、彼女の頭文字を重ねるです。つまり有吉さんと僕なら、サワコのSとムセイのMですな」

江川探偵が横から異を唱えた。

「いや、二人の頭文字を並べて、それから男の苗字の頭文字を入れるのですよ」

「じゃ、一つの指輪に文字が三つ並ぶわけですか?」

「そうですね」

「私はまた、男のには女の名前と男の苗字、女のには男の名前と苗字の頭文字を入れるものだと聞いた記憶があるんですけれど」

　本番さながらに混乱してきたとき、探偵長がまた本番さながらの断を下した。

「三つとも正しいです。日本では各国の習慣が一緒くたになっとるということですよ」

　それまで黙っていた池田探偵は、別なことを推理していたようである。

「有吉クン、君、いよいよなの?」

　私は吃驚して、次の瞬間恥ずかしかった。私自身の話かとからかわれたと思ったのではなく、何故か電撃のように千代子の云った言葉を思い出してしまったからである。指輪を置いたとき、彼女は私に「推理小説のタネをあげる」とはっきり云っていた。私が「T・K」という文字から千代子の死因を推理しようとしている態度に、パズルを解くような気楽さが見えたのではないかと私は反省したのだ。

　その日、時間が来て目の前に事件が展開されたが、私は気が滅入ってかなわなかった。テレビのゲームと同じように、千代子を考えるのが辛かったのである。当然のことだが、当夜、私の成績はすこぶる悪く、私は更に憂鬱になって終ると挨拶もそこそこに家に帰った。

　TとK。どう考えてもカギは今のところこれしか無いのだった。誰と誰の頭文字だろうか。

森山千代子はCとM。森山尚はHとM。徳川さんの説で行くなら千代子の指輪にはCとHが組合わされるべきであり、江川さんの意見によるならば、H・C・Mと並ぶべきであり、私の記憶が正しいとすれば、H・Mの二字が彫られていなければならないのだが、T・Kというまるで無縁の二文字は、これはいったい何事だろう。

芸名の梶川徳千代ならば、これはまさしくT・Kだけれども、芸名を、しかも彼女自身の芸名だけを結婚指輪に彫ることは考えられない。では——。

考えたくないことだったけれども、私は小山貞二という名前をここで思い出さないわけにはいかない。彼のイニシャルは、疑うべくもなくT・Kに違いないのだ。

小山貞二という名を寿徳に云い出されて、私が吃驚したのは理由があった。偶然というものだろうか、私は学生時代、彼とある期間交際したことがあったのである。私の女子大と彼の大学との学生たちのサークルが共同研究をしたときのことだ。わいわい云って遊んだ仲間だが、何のキッカケからか出身校を話しあったとき、「じゃ有吉さん、河上千代子という人を知ってますか？」と訊かれたことのあるのを、私は直《す》ぐ思い出していた。

「同級生です。小山さんはどうして御存じ？」彼は、ふと遠くを見るような目をしてから、苦しそうに笑った。「初恋なんですよ、僕の」

当時の私たちの年齢では、この種の言葉に感傷は伴わなかった。私はきゃアと笑いころげ、彼も別段それを不快としなかったようである。以来、千代子に会っても、その話をしたことがあったかどうか、私には記憶がない。まったく、今になって小山貞二が突然現われ出ようとは思わなかった。私は単なる興味からではなく、友人という資格で彼に会うべきではないかと考えた。あの頃のグループの消息は風の便りに聞いていて、小山貞二が某商社に就職していることを私は知っていたのだった。

電話で面会を申しこむと、

「やあ、あなたが小説を書くようになるとは思いませんでしたよ。始めて雑誌で名前を見たときは吃驚したなア」

数年ぶりの対面だった。背広を着た彼は大変に落着いた紳士であった。学生時代はお洒落な方ではなかったのに、会社の気風に染まったものか、社会人としての自覚がそうさせたのか、昔以上に好感の持てる青年になっていた。

「結婚なさったのね」

「ええ、まだ半年になりません」

カマボコ型の指輪が、黄色く明るい色をしていた。幸福そうな顔を見て、私は云い出したものかどうか随分迷ったのだが、やはり云わねばならなかった。

「千代子さんがね、自殺したのよ」

「え?」

小山は顔色を変えた。

私は千代子が死ぬ三日前に私を訪れたこと、指輪を置いて帰ったこと、そして指輪には彼のイニシャルが彫りこまれていたことを、いきなり喋ってしまった。徳江にも寿徳にも黙っていたことを、小山には洗うように云ってしまったのは不思議だったが、私が心底では彼を信ずべき人と考えた為であったろうか。

「とんでもない話ですよ。僕の名を彫る筈がないんだ。要するに僕は片想いでしたからね。あなたの誤解を先《ま》ず解くために話しますが……」

小山も意外な話をきいて興奮したらしく、早口で喋りだした。それによると——。

小山貞二は千代子と幼な馴染《なじ》みだったのである。が、小山の父親が官吏だったために、彼は何年おきかに東京に住むという生活を送り、したがって千代子とは三四年おきに顔を合わせていた。少年にとって恋の芽生えるべき条件が揃《そろ》っている。美しい千代子を、彼は純粋に慕った。その気持を、しかし言葉で伝える年齢に達したとき、すでに千代子は寿徳に心を奪われていて彼を省みなかった。

「あれは大学を卒業する年だったかしら。あなた千代子さんのこと僕の初恋だっておっしゃってたわね」

「振られた直後でしたよ、恰度」

そのとき千代子は童貞であった小山を見透したように、「あたし、もう大人なのよ」と云ったというのだ。小山は拒まれた失意以上に、蔑みを感じて傷ついたのであった。

「サークルに、僕が熱中していた理由ですよ。今から思えば華やかな懊悩《おうのう》だったな」

中年男のような口をきいて、だが小山は笑うような不謹慎な男ではなかった。そして私は私で、「夕立」の場面を再び憶《おも》い起していたのだ。彼女が寿徳に処女を捧《ささ》げてから、結婚までに三年近い歳月があるのも気にかかった。

「それから」

小山の話は続いていた。そして私は意外なことを聞いた。一年ばかり前に、千代子が小山とばったり出会ったというのである。

「昼過ぎでしたよ。喫茶店で四方山《よもやま》話をして、ええ、僕ももう今のワイフと交際していましたから、こだわらずに話せたんです。踊りを見てくれって何度も云ってました。会社当てに、僕が会社の名刺渡したもんですからね、切符を三度ほど送ってくれたかな」

「いらした？」

「二回行きました。でも退屈でね、僕にはどうも趣味がないもんだから。あとは切符もらっても行かなかった」

「千代子さん、がっかりしたでしょうね」

私が柄にないしんみりした声を出したものだから、小山は驚いたらしい。が、しばらく口ごもってからこんなことを云った。

「自惚れてると思わないでほしいんだけど、僕がまだ結婚していないということを何度も念を押して、嬉しそうに訊いていましたよ。実は、よっぽどもう許婚者《いいなずけ》がいるんだって云おうかと思ったんだ。女って、一度自分に惚れた男は、いつまでも惚れていると思っていたいんだろうけど」

私は千代子の心中を思って、胸が痛かった。小山は寿徳との夫婦仲がどんなものだったか想像もしていないのだ。

小山の話はビジネスマンらしく、総《すべ》てを順序だてていた。私なら、さしずめこれからの話を先ず冒頭に置くのだけれども、彼はどんなときでも前後を入れ替えることのない冷静さを持っているようだった。

千代子が、死ぬ数日前、つまり私の家に来る二日ばかり前に、会社に小山貞二を訪ねたというのである。

「まあ」

「近所に来たから、またお茶でもと思って、と云ってね、恰度手の空いてるときだったから、会社の前の喫茶店に入りましたよ」

「どんな話をなさったの?」

「何も」

「なんにも?」

「ええ。それが変なんだな。電話では燥しゃいでいたのに、会うとすぐに帰るというんだ。三分も会ったことになるかどうか」

「それ、前のときから半年ぶり？」

「うん。僕が結婚してからは始めてだった」

彼は自分の指輪を見ていた。私には、千代子が彼の指輪を認め、彼が結婚したと悟って、倉皇として外に飛出した光景が目に浮ぶようだった。

やがて、小山貞二は顔を上げると云った。

「これが全部です。あなたの誤解を解くために喋りました。しかし有吉さん、忠告として云うけれども、小説的興味で周囲の人間を観察するのはよした方がいいんじゃないかな」

（4）

「ぼんくら探偵局」の成績が芳しくないものだから、関係当局ではゲストを迎えることを思いついた。その第一回に、松本清張氏が特別探偵として出席されることになった。

眼鏡をかけた松本氏は、化粧室に現われたときからすでに名探偵の風丰《ふうぼう》があり、流石《さすが》推理小説を書いては当代随一の作家だと思わせられた。心からの尊敬と共に頭を下げる私に、

「有吉さんはS誌に推理小説を書くそうですね」

「はア？　はい。いいえ、あのオ」

こんなに返事の乱れている私をどう思っていらしただろう。

「僕のと二本建てで並ぶというじゃありませんか。期待していますよ」

私は腰を抜かした。とんでもない話だ。

「いえYさんから話のあったのは本当ですけれど、どうも私の書けるものじゃなさそうですし、それに松本先生と並ぶなんて、そんな大それたことのできる筈もありません。お断りするつもりです」

「それは困りますね。あなたが書かないのなら、僕もS誌をオリますよ」

冗談も、本気でおっしゃっているように見える表情は、気の弱い私を脅やかすに充分だった。本番が始まると私はYさんの顔がチラチラして、その日の推理はしどろもどろであった。松本探偵の快刀乱麻を断つがごとき推理に見惚れる余裕もなかったのである。

案の定、その翌々日Yさんから電話がかかってきた。

「まだ一カ月ありますからね、擲《な》げずに取組んでみて下さいよ。中途で僕を脅やかすような言辞は謹しんで頂きたいですね」

「でもね、Yさん」

「でもねじゃありません。頼みましたよ」

電話が切れた。私はおそろしく憂鬱であった。自分の部屋に寝転んで、スイリショーセツ、スイリショーセツ、スイリ、スイリ、と呪文のように呟いて、だけど書けないものは書けないやと情ない結論に達したとき、しばらく忘れていた千代子の指輪を思い出した。

小山貞二に苦言を浴せられて、以来それには遠のこうとしていた事件だったが、日を経た今考えてみると、千代子の自殺の原因について私自身も納得していないという事実に突き当る。夫の寿徳は小山貞二との情交を疑っていたが、私は確信して二人の間が潔白であったことを云うことができる。ともかく友人として、死んだ千代子の潔白を寿徳に云うべき私ではなかったかと反省したのだ。

私はむっくり起き上ると、机の抽出しに蔵っておいた例の指輪を取上げた。「T・K」が、小山貞二の頭文字ではないと分った今、千代子がいったいどういう意味でこの文字を彫りこんだものか、あらためて疑問が湧く。

恰度外出の時間がきて、私はとりあえず財布の中に指輪を蔵いこんだ。推理小説のタネにしようという気はきれいに消えてしまってはいたが、千代子が死ぬとき何を考えていたか知らねばならぬという気持が強く、それを忘れぬためにしばらく持ち歩こうと思ったのである。

その日、銀座に用事があって、予定より早く体があいたので、私は久しぶりで銀座通りを歩くことにした。宝石店「篠宮」の前に来たとき、指輪を持つ潜在意識からか吸われるように店の中に入っていた。

顔なじみの番頭が、愛想のいい顔で近寄ってきた。買う気はなかったから工合が悪く、ウインドを覗きこんでいる私に、彼は私の小説を読んだのテレビを見ているのと、様々なことを喋りかけ、その景気ならこの程度の石は買えるだろうとばかりに私の目の行く先の石を取り出しては説明し始めた。

「梶川徳江さんて方、お店によくいらっしゃるんですってね？」

「は？　はあ、花井さんの奥さまですか。はあ、手前どもで始終お求め下さいますです」

「大胆な買い方なさるらしいのね」

「それはもう、今では花井工業の社長夫人ですから」

番頭は気軽く私の誘いに乗って、梶川徳江がもとは満津江という芸者だったこと。花井栄造の二号に落籍され、この三年ばかり前に本妻に直ったのだということを話し出した。

「三年前に？　そのころ徳江さんは結婚指輪をお店に注文しなかった？」

「はア、御注文頂きました。何しろ二組つくりましたからよく覚えておりますです」

「二組？」

「はア」

番頭は云わでものことを云ったと小さい反省の色を示したので、私は咄嗟に千代子の指輪を取り出していた。

「徳江さんの注文したのは、この型じゃなかった？」

「は、これでございます。手前どもで自慢の型でございまして、よそさんではこの艶消しがこんな工合には参りませんです」

「あら、それはお店の細工じゃないのよ。多分お店のイミテーションよ」

番頭は手に取って、よく見ていたが、顔を上げるときっぱり云った。

「いえ、これは手前どもの職人が作りましたものです」

「じゃ、お宅で誰かの注文で、この型の指輪にイニシャル打直したことありましたか？」

「そんなことはございませんですね」

「そう？　じゃ、これは花井さんが注文したのに間違いないのね？」

「間違いございません」

云い切ってから番頭は妙な顔をして、弁解のように、

「このテは、やはり変型でございますから、御注文が少ないんでございますよ。私ども、この三四年に五組しか出ておりませんです。妙なもので商売柄御注文のサイズは仲々忘れないものでござんして、この十一番がはまるのはよほどの細い指だと思った記憶もございます。有吉さんのお知り合いでいらしたんですね。お友だちで？」

私は、あいまいに肯いてから、

「このイニシャルで分らない？」

と訊いた。

「T・Kでございますね。Tはタ行でございますから、タツコ、タミコ、タエコ……、タ、チ、と、チヅコ、チヨコ……。ああ、これは、男の方のお名前を云わなきゃいけませんでしたな」

ペラペラペラと云って、番頭は気軽く笑っていた。

「ああ、やっぱり女の指輪には男の名前と苗字が入るの?」

「普通はそうでございますね。ですが……」

急に番頭は声をひくめて、花井夫人の注文が四つとも組み方が違いすぎ、間違いのないようにと念を入れて注文を聞いたものであったと云った。

「四つとも違っていたの?」

「はア、いいえ、それはまア当り前ですが、違い方がちょいと変でござんした。後のイニシャルが全部違っておりましたんです」

私は思わず身を乗り出していた。

「ねえ番頭さん、そのときのイニシャルを全部調べて頂けないかしら」

とたんに彼は宝石店の番頭という職業的表情に戻っていた。

「それはとても」彼はおだやかな笑顔で、しかし顧客の秘密は守るのだという意志を露骨に見せて首を振った。「三年も前のものでは、控えもございませんですから」

（5）

梶川寿徳と歌舞伎座のロビーでばったり出会《でくわ》したのは、それから数日後である。恰度芝居の幕間《まくあい》であったが、私の姿を見かけて彼の方から寄ってきた。彼は男の舞踊師に特有の糞丁寧で柔らかい口調で、いよいよ今年の秋から彼の土地の芸者おどりの振付を担当することになったから、そのときには是非お知恵を拝借したいなどといい出すのだった。千代子はいったいどこがよくてこんな男に血道を上げていたのだろうと、私は胸がむかむかしていたが、小山貞二と彼女との一件について云う機会があるならばと誘われるままに喫茶室に入って卓を中央に向かいあった。

コーヒーが運ばれ、彼は左手で砂糖を茶碗の中に入れた。私は、その指に金色が光ったのを見ると、あやうく自分の茶碗を落すところであった。

指輪。位置からいって紛れもない結婚指輪である。しかも篠宮が自慢の型だと私は見極めていた。千代子の死んだ今、しかも妻には男があったと云った寿徳が、どうして今もってその指輪をはめているのだろう。

私の眼が吸いついたのを、寿徳は気付いたのか一瞬妙な顔をした。

「すてきな指輪ね。見せて下さらない？」

「いえ、もう、ごく詰らないものですよ」

「ちょっと変った型みたいね。見せてよ寿徳さん、実は私も参考にしたいの」

寿徳は、急に気持をほごしたのか、

「有吉さん御自身の参考にですか？」

と云った。

前にも池田氏にこれと同じことを云われたことがあったけれども、氏の表情には、寿徳のような歪んだものは見られなかった。私は寿徳の性格が淫蕩なのではないかとふと感じてやりきれなかった。が、私はかなり自分に不快になりながらも抑えて彼と調子を合わしたのである。

「ええ、まあそんなところよ」

幸か不幸か、卓がかなり大きかった。寿徳は指輪を私に見せるためには、手をぐいとぶざまに伸さねばならず、流石に踊りの心得のある男にそれは出来ぬことだったのだ。そして私も呼吸をあわして、腕を伸そうとした彼に周囲の目を目くばせして知らせた。

で、寿徳は苦笑しながら、指輪を外して私に手渡したのである。

受取った私は、手早く内側のイニシヤルを読んだ。MとH。二ツの文字の組合せに私は、胸を衝かれていた。ジリジリと開演ベルが鳴り響き、喫茶室の人々は騒然と席を立って出て行ったが、私は指輪を見詰めたまま、寿徳の様子を観察する余裕もなかった。

「始まりましたから、お先に失礼しますよ」

と腰を浮かした彼に、

「寿徳さん、お話がありますわ。お芝居はまたにして、ちょっとお時間を頂きたいの」

私の声には日頃のチャランポランに似ぬ真剣な響きがあった筈である。寿徳は、黙って私を見下していたが、黙って椅子に戻った。

「これ、どなたとの指輪ですか？」

「千代子との結婚指輪ですよ。裏切ったと知ってても死なれてみると、いや、未練でお恥ずかしい次第です」

新派調の大芝居に、もう私は憎しみを抑えきれなくなった。

「Ｍ・Ｈって、なんですの？」

「僕の本名ですよ、森山のＭと尚のＨです」

「あら、千代子さんの名前は入ってないの？」

彼は白い顔をした。

「それに、あなたのイニシャルなら、Ｈ・Ｍと入らなくちゃいけないでしょう？　Ｈはあなたのお名前かもしれないけれど、Ｍは別の方のお名前じゃなかったかしらね。私の勘では、満津江のＭだろうと思うのだけど」

寿徳は、急にニヤリと笑った。そしてコップを取上げて、ゆっくり水を飲むと、片頬に皮肉な微笑を吊上《つりあ》げて、

「有吉さん、あなた何をおっしゃってるんです？　どうも弱ったものだな、千代子と僕は夫婦だったんですよ。妙なことはおっしゃらないで頂きたいですな。第一、人聞きが悪いじゃありませんか」

私はハンドバッグから財布を出し、そこからゆっくりと指輪を取出していた。

「千代子さんが亡くなる三日前に私のところへいらしたのよ。そのとき、この指輪を置いて帰ったわ。千代子さんの指輪になんという字が彫ってあるか、あなたはご存じでしょう？」

「知りませんよ、千代子が勝手に作った指輪かもしれないし」

「ところがこの指輪は篠宮の特製なの。花井社長夫人のプレゼントに間違いないの。T・Kっていう頭文字が小山貞二だというところまで、あなたはお考えになれなかったわね？　だって小山さんの名をあなたが知ったのは、この指輪ができてからの筈ですもの」

「あなたはいったい何を云いたいんです、夫婦の間に他人が嫌味な口をきくもんじゃありませんよ」

「ご免なさい。でも嫌味な口ぐらいはきかせて頂きたいの。だって千代子さんは自殺したじゃありませんか。苦しんだ末に。苦しめたあなたは、小山さんの名前で死んだ千代子さんを冒瀆《ぼうとく》している。それだけは私、千代子さんの友だちとして、あなたを許せないんです」

まっ白な顔で私を見詰めている寿徳に、私は興奮して早口でまくし立てた。

「ちょっとでも違っていたら違うといって下さい。満津江さん、つまり梶川徳江さんとあなたの御関係が、どんなものか、私は云いたくありません。お二人の間は、それこそ他人の口出しをするところではないのですからね。でも寿徳さん、二人の仲を世間からかくすためにあなたが結婚したのだとしたら、相手になった千代子さんはどういうことになりますの？　花井夫人になった満津江さんは、前のように気楽な恋愛はできなくなったのですものね。千代子さんぐるみで可愛がったふりをすれば、世間を瞞着《まんちゃく》できると思ったんでしょう。自分が正妻になるとき、それを思いついた満津江さんに、私は他人ですから何を云うこともできません。でも、あなたには、云うわ。千代子さんと結婚しても、それまでの噂は消えませんでしたよ。世間では千代子さんに同情していました。知らなかったのは千代子さんと私ぐらいなものだったのだわ。いいえ、千代子さんはやがて気が付いたんです。陽性のあの人に、どんなショックだったか——。自殺までにどんなことがあったか、それは、あなた方が御存じでしょう。そして残念ながら、これは犯罪にはならないんです。私がどう考えたって、それだけのこと、あなたにだからどうしろなどと云えるものではないんですものね」

私の弁舌は尻すぼみであった。喋っているうちに、私は儚《はかな》い思いで気が遠くなりそうだった。一人の人間が自殺したというのに、神経衰弱と片付けられて、神経衰弱の原因になった事柄が糾弾されないという事実を、私は認めたに過ぎなかったのだ。

私は二つの指輪を卓の中央に、まるでダイスの骰子《さいころ》を伏せるように静かに置いた。寿徳の視線は最前から、その一点に膠着《こうちゃく》していた。彼は、私が椅子から腰を上げても、顔を上げなかった。

喫茶室を出てから、私には芝居を見続ける気力はなかった。くたくたに疲れていた。その上、後味が悪くて、大声で喚《わめ》きたかった。他人の私事に、口を出してしまったという自責と後悔——に身を揉まれながら、私は憂鬱であった。だが、寿徳に云った話の筋道は間違っていないと自信はあった。私は千代子の実家を訪れて、結婚前後の様々の不自然な事件を聞いていたし、梶川一門の某《なにがし》から、徳江と寿徳との情事について前々からあった噂の一部始終を聞かされていたのである。T・Kという文字が、千代子の旧姓河上と名前のイニシャルだという発見が、この意見を裏付けていた。千代子のチがchi―であると思いこんでいた私は、寿徳の英語の知識がヘボン式ローマ字でなく、戦争中に統一された新ローマ字によるTiなのだと、篠宮の番頭の軽口から気付いたのであった。

それにしても、神聖であるべき結婚に、指輪を祝って秘かにこんな細工をほどこす女の、底知れぬ怖ろしさは、思い出すごとに私を戦慄させる。死ぬ前に私を訪れて、指輪を置いて帰って千代子の横顔が、また強く甦《よみがえ》って、私は数日何も手につかなかった。

（E）

S誌の締切が迫ってきた。私は気が進まなかったけれども苦しまぎれで、千代子がくれたタネを脚色してまとめてみようかと思い始めていた。例の指輪が手許《てもと》になくなっていたので、それだけ気が楽になっていたのかもしれない。寿徳に浴せた私の推理が、外れていなかったらしいと、あのときの寿徳の反応と思いくらべて確信し始めていたから、それが私をいい気にさせていたのかもしれない。Yさんから催促の電話がかかったら、破れかぶれで、まあともかく書いてみようと、私は考えていたのである。が、どうにも気が重い。机の前に坐ってもペンを取上げる気になれないので、私はそんなときの習慣で階下に降りると、姪《めい》をからかい始めた。

「K子ちゃん、叔母《おば》ちゃんとお散歩に行かない？」

姪は、大喜びで、新宿へ行って食堂に行きましょうと云った。四歳の彼女は、デパートの大食堂でアイスクリームを食べるのが最上の贅沢《ぜいたく》だと思いこんでいるのだった。久しぶりだ、それもいいだろうと私は思った。初夏の風が流れて、季節は憂鬱と無縁のときだ。

デパートの入口で、私は顔見知りの若い娘さんに丁寧にお辞儀をされた。

「あら、園子さん？」

梶川寿徳の家の、内弟子の一人だったのである。洋装で、それも流行のリュウとしたイデタチなので最初戸惑ったのだ。

「お姪御さんですか？　まあ可愛い」

「あなたはお買物？」

「ええ。実は私、郷里《くに》へ帰ることになりましたので」

ようやく梶川流家元から寿徳の取立で名前を許されたので、それを錦として故郷へ帰り、ささやかながら稽古場を開くのだと、希望で胸をふくらましている園子を見ると、私は心ばかりの祝いがしたくなった。彼女をつれて呉服部に上り、小間物を一つ二つ買うと嬉しさを開けっ放して喜んでいる。

「あなた、千代子さんと一番気が合ってたようだったわね」

「はい」

姪の目的である大食堂に、私たち三人はくつろいでいた。子供好きらしく、園子はK子がピーチメルバーを食べるのに何くれとなく世話をやいていたが、私がこう語りかけると何故か目を伏せてもの思う様子である。この子も見て、気付いていたのだ。そう思うと、私はまた胸が詰った。

「私ね、有吉さん」

園子は顔を上げると、云い出した。

「梶川のお名前いただいても、まだまだ東京で修業していたいんですけれど、あの家にいるのが怖ろしくなってしまったんです」

そうだろうと肯くかわりに、私は訊き返した。

「どうして？」

「先生が」

園子は唾を呑んだ。

「また結婚なさるらしいんです」

寿徳が結婚する……？　千代子が死んでから二カ月しかたたないというのに、もうそんな話が出ているのか……？

私は思わず、思ったことを口にしていた。

「それ、徳江さんの世話？」

はっと園子が顔を上げた。恐怖が瞼《まぶた》に張りついていた。瞬くことも、肯くこともできないでいる。

私もまた、何を云うことができただろう。感じたのは、寿徳と徳江の逞《たくま》しさというものであった。寿徳を面詰し、トクトクとして喋っていた自分を、悲しく思い返していた。

私に推理小説は書けない。当り前のことを、私は嚙みしめるように思っていた。悪というものを遂行するのに、トリックよりも力で押し切る人間がいると眼のあたりに見て、私はもはや話をし組んで書くに必要な気力が全く萎《な》えてしまっていたのだ。徳江は、また二人に新しい指輪を贈るのだろうか。大食堂の喧噪《けんそう》の中に、私はただ茫然としていた。

アイスクリームを食べ終った姪は、彼女の目的を達して退屈し始めていた。

「佐和子叔母ちゃん、帰りましょうよ。ねえ帰りましょうよ」

私は、園子に気弱な微笑を投げてからK子を顧みた。

「ええ、帰りましょうね」


（「小説新潮」一九五八年七月）

死んだ家

花代が中風の発作で倒れ、半身不随になったという報《し》らせを受けたとき、子供たちは誰も一様に、今度こそもう駄目であろうと心秘かに思っていた。それというのが、この十年というもの、年に一度は必ず大病に罹《かか》って、その都度我儘《わがまま》な彼女は死期迫ったとばかりに騒ぎ立て、彼女の御機嫌をとる必要のある眷族たちは、その都度大仰に久瀬家に集って、一門に列する喜びを頒《わか》ち合っていたからである。実際、病気の報も度重なると年中行事の観があって、盆暮の挨拶を一度にすますには好都合だと云《い》って笑って別れる人々も出てくる昨今であったのだ。

が、この度は万事の調子が狂っていた。花代は決して自分から「もう死にますわ。そいでなァ皆さんの顔が見とうなりましてん」などと、人を喰《く》った挨拶はしなかったし、侍医は何時《いつ》もの気軽な口は叩かずに、「なんせ、もうお齢《とし》ですさかいな」と暗に自分の医術とは関係のない話なのだと云いたがった。だから、集った人々も、何時ものような喰い放題、飲み放題のもてなしに、何時ものようには乗りきれず、広い下座敷の十六畳一部屋に寄って、せいぜい三四人が固まっては私語しあうばかりだった。

その話のタネは、主として久瀬家の先代すなわち花代の亡夫の最盛期の思い出である。久瀬大輔と云えば、関西で育った人間なら誰でも一度はその名を耳にしたことがある政治家であった。自分から代議士に打出て、表立った活動もしたことがあるけれども、晩年は主として政友会の黒幕的な存在であった。その後押しで大臣になった○翁は、終生その恩恵を忘れず、私的には三歩退いて対したという一つ話がある。「なんせ、今どきの政治家と違うて、大輔さんはあんた自分の田地《でんち》田畑《でんぱた》売り払うて政治に注《つ》ぎ込んだ人やから。私利私欲ら、これっぱかりもない。まァ偉いお人でしたなァ」「ほんまに。が、まァその分奥《とつ》さんも苦労しなはった」「なんの、なんの。奥《とつ》さんには大輔さんの方が遠慮してなはったわいな。わしやァ養子みたいなものじゃて、よう云うてやったで」「そうそうやけどな、奥《とつ》さんもよう出来た人でっせ。まあ、あれだけの奥《とつ》さんは、大輔はんかて他には探せなんだやろ」「そら、それはほんまや。別嬪《べっぴん》さんで、賢うて、筆の道も立つわ、もの分りもええわ」

が、こんな昔語りをのんびりしているのは、眷族は眷族でも血縁の薄い人たちだった。花代の子供たちにしてみれば、花代の死期が迫るのは、深刻な問題だったのだ。というのは、久瀬家の財産というものが、先代大輔が費《つか》いまくったとは云い条、全く残っていないとは考えられないからであり、残っているとすればどのくらい残っているものか、それは知るべきことだったからである。次女の安代は人前を構わず、「なァ兄さん、ほんまに土地はもう何処も残ってェへんの？　酒蔵のあとの痩せた畑だけやて、村野さんは云うてたけど、そうですか？」と無遠慮に問いかけるのだが、長男の禎輔は迷惑げに、「ふん、無いらしいなァ」と答えるだけだ。「無いらしいなァて、兄さん暢気《のんき》なもんやないの。お母さん死んでしもうたら、どうやって暮す気やろか。なァ、幸子さん、あんたもお母さんから何も訊いてェへん？」安代は弟の嫁に質問の先を変えた。

「お姉さんも知りなさらんのに、私らが聞いてますかいな」「そやかて、私らは久瀬家ェ出た人間やさかい関係の無い話やけど、あんたは久瀬の二男の奥さんやもん。兄さんには子ォ無いんやさかい、この家の財産はお母さんと兄さんと死んだらあんたのもんになるんやろ。知らん筈《はず》ないと思うわ」「いややわ。お姉さん人の悪い。私ら、この家の財産当てにしてェしませんのに」「ほんまにそうか？」「はあ」

老女中の村野が、腰を曲げて、奥の廊下から現れると、「どなたか替ってくれませんか。私は台所とお役が重なってますさかい」と、意地の悪い眼《め》を女たちの集いに向けた。「はい」幸子が反射的に立上って、「後でお手伝いに行きますから、水汲《みずく》みの仕事は残しといて下さいな」と村野に云いながら病室に行ってしまった。「ようお世辞《べんちゃら》云うわ」後を見送って、安代が呟く。これがそれほど嫌味に聞こえないのは人柄である。

「小さい姉さん」敬二だけは聞き咎《とが》めて、かなり不快な表情のまま、「妙なことを云わんといて下さい。僕ら、ほんまに聞いてェへんし、第一この家の財産らいうても碌《ろく》なもんは残ってェへんの姉さんかて分っているでしょう」安代は、にんまりと笑って、神経質な弟を顧みた。

「そやかて、山の七つ八つは残ってますやろ？　お蔵かて、お母さん私には決して内蔵《うちぐら》を覗《のぞ》かせてくれへんで。大事なもんが詰まったあるさかいやろ」季節に気早く平絽《ひらろ》を着た肥《ふと》った躰《からだ》に、たえず扇子を動かしている。右の中指に屑《くず》ダイヤで縁を飾った翡翠《ひすい》指輪がチラチラしている。揶揄《からか》われているように思ったのか、敬二はもう相手にならなかった。

「ご免下さい」何度目かの大声に、ようやく安代が気付いて腰を上げた。若い女の声に、誰も特別の注意を払わない中で、彼女だけは東京弁を耳敏《みみざと》く覚《さと》って、不審に思ったのである。恰度《ちょうど》、下の手洗いから出てきた禎輔も顔を出した。「どなた？」逆光に、すぐには客の顔が見えなかった。白いワンピースの肩から伸びた若い腕と、その手が下げた赤い鞄に、問いかけると、「私、紀美子ですけれど」明るい声が答えた。

伯父《おじ》と叔母《おば》は、しばらくまじまじと見ていたが、安代が先《ま》ず頓狂な声を挙げた。「まあ、紀美ちゃん。大きうなってしもて、分らんかったわ」禎輔は遅れて、「はあ、紀美子が来たんかいな」と、怪訝《けげん》な顔である。安代も直《す》ぐ気が付いた。「紀美ちゃん、あんた一人で来たん？」「まあ姉さんも気ィの強い。他のときや無いのに顔を見せとうない云うて、孫を名代に寄越しましたわ」座敷にとりあえず紀美子を招じ入れると、皆に紹介するともつかず安代はこんなことを大声で云うのだった。「小さい姉さん、そんな云い方したら紀美子が可哀いそうですが。挨拶もならんわ、なァ？」敬二が中年男の如才なく、叔父《おじ》らしい微笑で姪《めい》を迎えた。

「そやかて、お母さんがっかりなさるやろと思うたら、私ら辛《つろ》うてかなわん。さいど政代はまだかァ云うておいでやったのに」遠縁の人々が相槌《あいづち》を打つ。「そうですわ、私も何度か訊かれましたわ」「一番の気がかりなんですやろな。なんせ奥さんの大いとさんの可愛がりようは特別でしたさかい」

関西弁の間伸びした言葉に、ようやく紀美子は苛立《いらだ》って、敬二に向って祖母の容態を訊《ただ》すと、「持ち直した、とも云えんとこやが、今はよう寝てるようや」と難しい顔をした。

病人には昼と夜が顚倒《てんとう》しているのだった。眼覚めている間は、断え間なく近親の名を呼び、呼ばれた者が直ぐに枕許《まくらもと》に来ぬと不機嫌になって当り散らす。何時、誰が呼ばれるとも限らないので、そのために大勢が下座敷に詰めていなければならないという結果になっているのだった。暇な人間ばかりではないのに、こんな大時代な臨終騒ぎをしているというのも、つまりは久瀬家代々の余光に花代刀自《とじ》の実力も重ねてのことなのだ。叔父の説明を聞きながら、紀美子は今更のように旧家というものを感じていた。東京で現代を呼吸している身には、反撥《はんぱつ》すべき因習というより、もの珍らしさが先立つ興味があり、面白いとさえ思う。

汽車に乗りつめて、その上の一人旅なら緊張ゆえの疲れもあろうからと、敬二は紀美子を休ませようとしたが、安代は「若いのに、そのかいでくたびれるものかいな」と構わず、「紀美ちゃん、なんでお母さん来ィへなんだんえ」と執こく問いかけてきた。

それは紀美子自身も不審なことである。ハハキトク、テイスケという電報を受取ったとき、政代は顔色も変えずに、「今度はもう駄目だわね」と云ったものだ。

「ママ行くんでしょ?」紀美子は明日にするか今日の内かと、時間を訊ねたつもりだったのだが、政代は平然として、「ママは行かない」と答えた。「どうして?」「看病は去年したんだもの。死ぬのをわざわざ見に行きたくないから」

年中行事と軽口を叩く人々もいる中で、政代だけはその都度歯を喰いしばる思いで、親の病気の看病に出かけなかったものだが、去年は何か虫が知らすようで、彼女にしては悲壮な決心の許に西下したのであった。が、花代は待っていた長女が枕許に坐ると間もなく奇蹟《きせき》的な恢復《かいふく》をしてしまった。そして勝気な政代は、助かると見越すと直ぐ東京に戻ったのである。

「あのときかて私ら吃驚《びっくり》したえ。お母さんが持ち直したと思うて、ほっとした途端に気ィついたら、もう大きい姉さんはいてはらへんのやもん。お客さんら、皆どないしたんやろて訊かはるし、ほんまに困ったんやで」話しながら安代は崩した足を貧乏ゆすりのように揺すっていた。冷え性で、この暑い中でも冬足袋《たび》をはいている。四国の大地主に嫁いだこの人には、姉の苦労の半分もなかったことだろうと紀美子は思うのだった。

政代は、久瀬大輔の最盛期、旧家というものに私は叛逆《はんぎゃく》するのだと、大層もない啖呵《たんか》を切って、東京の女専在学中に知りあった学生との恋愛を遂行するために家出をしたのである。大和の旧家と家同士の縁談が殆《ほと》どまとまりかけていたときであったから、久瀬家では大騒ぎになった。大輔は、上京すると自身で娘を訪れたが、正面衝突して勘当を宣言してしまった。以来、大東亜戦争の終焉《しゅうえん》近く紀美子を連れて疎開するときまで、政代は久瀬家の門をくぐったことがなかったのである。

疎開中のことならば紀美子も覚えているけれども、花代と政代は実の親子とは信じられぬほど仲が悪かった。もう健康を失い始めていたときで、村野も年老いていることでもあり、政代が配給とりや防空訓練に一家を代表して外へ出るわけなのだが、その報告の受取り方に政代の方から突っかかって、口喧嘩《くちげんか》の断え間がなかった。理詰めの娘と、我儘な母親は、親子の垣を意識して踏みこえたがったのである。たとえば麦の配給を、容器の適当なのがないまま政代がバケツで受取ってくると、「まあ下《しも》バケツやのに、きたない」と花代が咎め、「どうせ洗って食べるものですよ、何がきたないのですか」「そやかて下《しも》も上《かみ》もわきまえん人に台所いじられるかと思うたら、かなわんわいな」政代の激しさに、花代はやんわりやんわり皮肉な口で、ごく些細な発端が、必ず深刻に発展して、それから数日も祖母と母との陰険な戦いを孫の紀美子は見なければならなかったのだ。

「ママは、お祖母さまの何が嫌いなの?」と、ある日紀美子は訊いたことがある。「何もかもよ」と政代は憎々しげに答えて、娘の質問をそれきりで抑えてしまった。

「紀美ちゃんは知らんやろけど、お母さんは私ら兄弟中で一番あんたのママを可愛がっていたんやで。ふん、よう覚えてる。私ら、どうせ継子《ままこ》や云うて、ひがんだもんやった。兄さんも、敬ちゃんも、私かて、みんなお父さんに似てしもたのに、政代姉さんはお母さんそっくりの別嬪さんでなァ、人にそれ云われる度に、私ら悲しうて涙流したもんやしィ」それが親に逆って家を飛出し、一度も自分からは戻らなくなった不思議を、安代は愚痴のように姪に話してきかせるのである。そろそろ暮れかけて、庇《ひさし》の深いただでも採光の悪い家の中は、夕闇が漂い始めている。誰も明りをつけようとしないのが異様だった。東京の紀美子の家では、どの部屋も明るすぎるほどふんだんな照明をつけている。

「叔母さま、電気つけてもいい？」「ああ、そやの、大分暗うなってきた」

下座敷の中央で八十燭《しょく》。点《つ》けると鈍い光だった。隣の仏間と玄関と、奥の間と、手洗いに立ったついでにどの部屋の電灯もつけてしまったが、用を終えて戻ると、座敷を残してどの電気も消されてしまっていた。「紀美子さんですか？　まあお久しう、大いとさんはお元気で？　そら結構ですのし」老女中の村野は、電気を消すために伸ばした腰をさすりながら、かなり性急な口調で挨拶をする。齢のわりに白髪もまばらで、肌艶も老人のそれではなかったが、庭からの薄明ばかりを受けて立つ姿は、皺《しわ》んだ小柄だけに一層印象が奇妙だった。

村野は幸子が出てきて、病人が目を開いて呼んでいると云われ、病室に行くところだった。安代が、「紀美ちゃんも、行ておこし。ああ、私が連れよ」と、肥った躰を起した。敬二が、何故か苦々しく「お姉さん、あまり詰まらんこと云いなさんなや」「何やの？　私ら何も云うてェしまへんがな」禎輔が、重い咳《せき》を続けざまにして、啖《たん》を吐き出そうと苦労している。

厚い横板の一間幅の廊下を渡ると、上座敷がある。三年前に患ったときから、花代の居間になって、今はそのまま病室になっているのだった。夏というのに、障子は閉めきって、冬地のカーテンを中に張りめぐらし、昼も夜のコンディションを作っている。襖《ふすま》を開けて入ると、消毒薬を使っている筈もないのに、病室めいた臭気が鼻を衝いた。六燭という小さな電球が、十二畳の部屋を気味悪く照らしている。

　中央に、花代は左向きに寝かされていた。シーツの白さも白いとは感じとれぬ暗さの中で、懐しい顔が、凋《しぼ》んだように小さく、瞬間紀美子は博物館のミイラの首を連想して立ちつくした。

「お母さん、お母さん。東京から紀美ちゃんが来てくれましたで」安代が、無遠慮な声で云うと、顔も掛蒲団《かけぶとん》も動かずに応えがあった。「そうかいし、紀美子が。そうかいし」

　何故政代が来ぬかと、安代と同じ質問が来るかと案じたが、花代の枕辺に坐って恰度病人の顔の前に手を仕えて挨拶する紀美子に、祖母は「紀美子やの。まあ、よう来てくれたのう」と、小さな眼を目ばたきもせず見詰めるばかりだった。「お母さん、政代姉さんは来られェへんのですて。かわりに紀美ちゃんが来ましてんと」安代は云わでものことを云う。「まあ、そうかいし」無感動に答えてから、花代は孫にやにわに語り始めた。「紀美ちゃん、あんた幾つになったんえ？　二十四ィか？　ほな、早う婿さん探さんならんのう。嫁に行くの嫌や云うたらいけませんで。そう思わいでも云いたい齢やろが、それ云うたらいけませんで。なァ、縁談あったら素直に乗んなはれや。あんたのお母さんは、しょうむない無駄云うて、詰まらん一生送ってしもた。あの二の舞は、したらいけまへんで」

　紀美子は、そっと安代の顔を振返った。顔を見れば、もう生きているとも思えぬほどの老衰

ぶりなのに、花代の声も言葉も怖ろしくしっかりしている。が、この調子の饒舌《じょうぜつ》をほうってお
いては病気に悪いと気が付いて、どうして鎮静させたものかと、紀美子は当惑したのだった。
だが安代は平然として、「目ェ開いたらその調子やねん。相手してるより仕様ないんよ。ほな
紀美ちゃん、あんたしばらく話聞いたげなはいや」付きっきりの看護婦にも気楽な声をかけて、
叔母は出て行ってしまった。陰気な空気と、籠《こも》っている温気に辟易《へきえき》したらしい。生命の火が消
えかかっている人への気配りは、政代が来ないのには大騒ぎしたにもかかわらず、あまり無い
ようだった。

「ふん、阿波の鳴門《なると》にいても、情の無い人やわ」と、村野は聞こえよがしに云う。巡礼お鶴の
母恋いをかけて皮肉ったのだが、浄瑠璃《じょうるり》など聞いたこともない紀美子にはピンと来ない。花代
の腰の辺りを擦っている看護婦を見て、自分もただ坐って話の相手をするばかりが能ではない
と気が付いたとき、「奥さん、わてを呼びなすったそうやのし？」と村野は花代の耳に口を寄
せて訊いていた。

「幸子になんぼ頼んでもきいてくれへんのでなァ。村野やなけらあがん云うて、追い払ってし
もたんえ」「ふんふん」村野は上機嫌で、紀美子を振向くと、「奥さんは、もう私でなければ気
に入らんのですわ。子供より嫁より、私を気に入っておくれてるんよし」と云う。若い娘にう
まい返事が思いつくところではない。

ところで、花代は急に哀れっぽい声を出して、どうか寝返りを打たせてくれと懇願したのだ。

医師から動かしては命とりだと云われているから、これは村野とて聞き届けるわけにはいかない。「奥さん、もうちょっとの辛抱やさかい、このまんまでおいでて下さいな」「そやかて、痛うて痛うて眠れたもんやないでェ」「そいでも、お医者さんが、動かしたらいかん云うてやったから、あきませんわ」「本人が動かさな死んでまうと云うてんのに、動かしてくれへんのんか？」「まあま、奥さん、折角東京から紀美子さんが見えたんやありませんか。そうや、紀美子さんに肩と腕と擦っておもろいよし」らちが開かずと見た村野は、紀美子に後を押しつけて、うまく逃げてしまった。「私ら、台所でお客さんの料理もせェならんのですわ。お頼ん申しますわな、紀美子さん」

皺の下に細い骨と、それにからんだ血管だけ感じながら、紀美子は黙って花代の腕を掌《てのひら》で撫で下していた。どんな工合《ぐあい》にマッサージすべきものか見当がつかないのだが、病人も急に静かになったので、気持は悪くないのだろうと思っていると、急に看護婦が、「ちょっと紀美子さん、お願いしときます」と云って立ってしまった。別に紹介して貰《もら》いもしないのに、紀美子さんと気易く呼ばれて呆気《あつけ》にとられ、こんなことには不慣れだからと止める暇がなかった。田舎の人の図々しさか、それとも紀美子の若さを侮って骨抜きをしたくなったものか、ともかく紀美子は暗い広い部屋の中に祖母と二人っきりで残されて、俄《にわ》かに怖ろしくなった。

「政代さん？」呼吸もきかさなかった花代が、急にこう云った。「お祖母さま、ママは来られなかったんですよ」耳許《みみもと》に云うと、目を開いて不思議そうな顔で、「紀美ちゃんかいし？」まじまじと見る。記憶力が怪しげになっているのだった。

その夜は結局のところ、紀美子が徹して看病したことになる。花代が不思議に紀美子には無理を云わず、彼女の手からは聞きわけよく薬も素直に飲み、誰かが様子を見に来ても引止めようともせず、それどころか紀美子を休ませようと安代たちが交替すると、「紀美子は何処へ行ったんよし」と云い出して、「疲れたやろて休んでますわ」と答えれば「病人より疲れた人間の方が大切かいし」とむずかる。結局は紀美子も観念して、花代が寝つくまで枕許に坐ることにしたのであった。

「なァ紀美ちゃん」「はい」花代は脈絡もなく次々と話を続けていた。「あんたのお母さんは、恰度あんたの齢のときにあんたを産んだんでっせ」「はあ」「大騒ぎでなァ、病院いて、ひィひィ泣いて、看護婦さんにみっともないよなやったんぇ」泣いたのは、赤児の紀美子でなくて政代だったというのである。

「偉そうに自由やの封建やの云うても、お産のときにあいだけ泣いたら、もうあかんわ思うて、お祖母さんはな、可笑《おか》しうてかなわなんだえ」花代は、呼吸が洩《も》れるような笑い方をした。歯茎が痩せてしまったためか、入れ歯が唇からはみ出ていて、ひどく話し辛そうである。

「お祖母さま、入れ歯を外した方がよくありませんか」「いいええな、歯ァとったら、まっとふう悪いがな」

こんなになっても扮《なり》にかまう花代は、若い頃本当にお洒落《しゃれ》だったろうと紀美子は覚えている。

それは戦争最中のことであったが、祖母は奥の一間に終日いて、紀美子が何時覗いてもキチンと着物を着て、必ず鏡の前か机の前に坐っていたものだ。鏡は古風な漆塗りの合せ鏡を架に立てたものであり、塗りの櫛箱《くしばこ》と渋紙の抜毛ひろいを両脇に展《ひろ》げて、静かな手付きで念入りに髪を幾度となく梳《す》いていた。机の上には、和綴《わと》じの漢書か、源氏物語などが置かれ、時には手習い最中ということもあった。

「お祖母さまって学者みたい」と云うと、政代は「ふん」と鼻であしらって、「日本が戦争だということも知らないのよ。学者というなら一番学者らしいわけだわね」と呟くようにして、紀美子をそのときも当惑させた。

いったい何が政代をして祖母に反撥させているのか、到頭帰京するまで少女の紀美子には見当がつきかねたのだったが、それから十年、ようやく大人の判断力を持ち始めた彼女にとって、危篤の祖母を看取《みと》るという仕事は、それを見極める絶好の機会に他ならなかった。「紀美子、あなたママの代りに行く気はない？」と政代がふと云ったとき、紀美子は飛びついて、「うん、行く。行かして」と答えていたのだ。「そうね、紀美子が行った方が、ママが行くより意義があると思うわ」政代は、自分で自分に念を押す形で、そう言葉を重ねていた。

中風の症状は、倒れた直後は鮮やかに昔の記憶が甦《よみがえ》るらしい。花代は、こうした興味の下に枕許に坐っている紀美子に、まるでサービスするように自分から様々なことを喋べるのだった。紀美子ははからずも関西政治史の裏面を知ることができたし、祖父に妾《めかけ》が三人あったということから、政代が逆児《さかご》だったというとんでもない知識まで与えられていたのである。「そやさかい、政代さんは万事が人の逆《さか》に行てなァ。もう子供の頃から親に対して批判的やったんですわ。禎輔さんが温和《おとな》しうて、これが兄と妹と逆やったらいうて、お父さん何辺嘆息なすったやら分らんえ」

自分の子供をさん付けして呼ぶのは久瀬家の習慣であった。「政代さんの女学生時分いうたらなァ、まるで男やった。久瀬の娘やいうて世間はどんなに見てるやしれんと思えば、お祖母さんも一生懸命でなァ、高島屋から別染めさせた着物着せて出しても、帰りはまァ敵討ちした後のような恰好《かっこう》で帰ってくる。情のうてのう」紀美子はくすくす笑っていた。まったく政代の女らしさに欠けたたたずまいは、実の子の紀美子もかなり迷惑してきたことだからである。

「自分で勝手に手続きして、東京の女専へ入ってしもうて、まあやりたい放題のことさせたのが、結果は悪かったんですなァ。今になって、すまんと思うのは、まっと私が強気で教育すべきやったということですわ」

明け方近くになって、ようやく花代は眠った。親戚の一人が交替に来たので、紀美子は仏間と納戸の間にある一間に用意された寝具の中に倒れこむと、すぐ眠ってしまった。

眼を醒ましたのは昼近くである。空腹を先ず感じながら、ふと気付くと、納戸で人の話し声がする。押し殺したような低い声で、「そやかて、お姑《かあ》さん明日をも知れんときですやろ？あんたがしっかりせなんだら、誰がそれをやりますの？」「兄さんがいるがな」「阿呆《あほ》らし。兄さんに何ができますのん」敬二と幸子の夫婦だった。

遺産相続という英国の小説あたりのタネが現実に聞こえてくるのが面白くて、紀美子は耳を澄ました。幸子が積極的に久瀬家の内実を知りたがっているのだった。「どうせ内蔵の整理のときは僕らも立ち合うことになるやろ。今から騒ぐことはないやろ。お母さん又助かるかもしれんしな」「そんなこと云うてたら、小さい姉さんにいかれてしまいますがな」「そう云いな。そんなに残ってェへんて。お父さん死んだ後に借金が山とあったんやで」「そやかて久瀬家やありまへんか」

関西弁のせいだろうか、紀美子にはどうも内容までのんびり聞こえてきて、ふと微笑《ほほえ》ましかった。「私が心配してるのは、私が久瀬の財産欲しいからやないんですよ。皆が寄ってたかって、人のいい兄さんおだてて、蔵の中のもん貰い倒せへんか、それを云うてるんです。小さい姉さんは何ぞと云うと、あんたを妾の子ォやいう顔しなさる。お母さんからちゃんと一言云うといて貰わなんだら、どんなことになるやもしれませんよ」深刻な口調だけれども、紀美子の聞くかぎりでは、幸子が蔵の中を見たがっているのは単なる好奇心の故だけであるようだ。何故なら、敬二が妾の子であろうとも、当然他家に嫁いだ安代より久瀬では発言権があるのだし、禎輔は長男といってもあって無き如《ごと》き影の薄い存在だから、何も幸子がやきもきする必要はないのだ。ただ、この何とも物々しい一門を集めての騒ぎに興奮してそんなことを口走っているに過ぎないと思われる。

冷たい井戸水で顔を洗うと、ああ東京を離れているという感じが初めて強い。「昨夜は御苦労さんやったのし」村野が紀美子に丁寧に礼を云い、晩《おそ》い朝飯を整えてくれる。安代はかいがいしく白いエプロンをかけて台所で働いていた。「お早う紀美ちゃん。あんたのおかげでよう眠れたえ。夜はあんたの係りにしてくれたら助かりますわ。また今晩も頼みまっせ」

この地方独特の皺だらけだが味の深い沢庵《たくあん》が、鉢一杯に盛られている。肉の煮しめたものが惣菜に出ていたけれども、これは見るだけでもうんざりする様の悪さで、紀美子は初めから香のものばかりで茶漬にした。給仕するでなく相手するでなく、安代と村野は、その横に坐りこんで四方山《よもやま》話から時折相手を打診している。

「なァ村野さん、山は幾つ残ってんのやろ」「わて、知りまへんねん」

そんな馬鹿なことはないと安代は思う。健康を失っている花代が、家の切り盛りをたった一人でやっていた筈もなし、銀行預金にしても、山や道具の売買にしても、村野を通さずには何も出来なかった筈だ。老女の腹黒さが口を噤《つぐ》んで、他家へ嫁った口うるさい娘を敬遠しているのだろうか。「それがなあ嬢《とう》さん、ほんまに知りまへんねん。わても不思議なこっちゃ思いますが、奥さんは三月分ずつまとめてお金を渡しておくれるんですけどな、どこからどうして入ったお金やら、とんと見当がつきまへんねん。山番さんがおいでやったり、お客は時折ありますから、その方たちとのお話しあいで、お金はその人らが運んで来るんでしょけどなァ」考えてみれば、どんなに尽しても奉公人は奉公人、実は自分も、水臭い奥さんだと思っている。

「今更わてもこの齢で、知ったとてちょろまかして何するつもりもなし、信用しておくれてもよろしやろと思うてますけども」

安代は大仰に肯《うなず》いて、「お母さんの秘密主義も困ったもんやわ。万一のことがあったら、どうする気ィやろ」「ほんまに、わても自分がどないなるやら心配でかないまへん」「そうやろなァ」それかと云って病人に、死後のことをこちらから訊くこともならないのだ。安代と違って、久瀬家飼い殺しの運命に従っている村野にしてみれば、心細くてならぬところであろう。

年に一度、死ぬ死ぬとばかりに騒ぎたてて、眷族を集めても、花代は別段遺言めいたことは何一つ云わなかった。何のために人々を招くのか、考えてみれば誰にもとんと合点がゆかない。それでも怠りなく集まってくる理由は、ただ由緒深い久瀬家という背景あってのことである。

紀美子は、三杯目を村野に給仕させて、食事に専念していたが、ふと旧家というものを考えていた。禎輔は数年前、妻を失って後は男やもめを通していて、職もなく、花代の愛読書を端から読み漁《あさ》り、読み尽すと初めから繰返して、それに倦《あ》きれば外へぼんやり散策に出る。最高学府まで出ていながら、無為徒食している彼を知る人は、こんな時代に何もせずに日を送ることの出来る神経に先ず驚嘆し、よほど偉い人間かもしれないと噂しあっているが、政代に云わせると「兄さんは、謂《い》わば旧家の亡霊みたいなものよ」この地方に、豪族として栄え、後には大地主となり、代々の庄屋を務め、将軍家の血縁を嫁に迎えたこともあるという家柄の誇りが、それに相応《ふさわ》しい経済力あるいは権威というものを失った今、栄養不良の状態で現れ出ているというのだった。

意識的にインテリを目指した女の性格的な欠陥を政代もかなり持っているが、日常用語の繁雑さは紀美子には却《かえ》っていい影響を与えていた。おかげで娘は苦労せずに言葉を操れるようになったし、無知無口の長所をも逆説的に会得したからである。旧家というものについて、政代はかなり意識的な分析を加えていたが、紀美子はぼんやりと、ただ面白く思うばかりである。それというのも、彼女に直接関係がない世界だと思うからだ。安代が、久瀬家の財産をあれこれ推測しているのは、彼女に別段卑しい野心があるからではなく、愛するものの末路にただはらはらと気をつかっているだけなのであった。政代の場合は、憎んでいたものの臨終を見るに耐えず、帰郷を肯《がえ》んじなかったのではなかろうか。たしかに、集まって来た人々は、何らかの意味で旧家を愛し、その末を愛《いとお》しむ心を持っているようであった。敬二夫婦にしても、すでに早く分家して、これは賢く生活設計をたてている。久瀬家が花代の死によって滅亡するかどうか、そんなことで揺らぐ家庭は営んでいない。

禎輔と村野以外には、花代の死はそれほど重大な事件ではないと思われるのに、それならば、この物々しい騒ぎは何事だろうと、あらためて紀美子は考えこんでしまう。寄っている人々の様子もさることながら、薄暗い家の中の調度什器の一つ一つまでが騒然とする気配がある。東京の紀美子の家ではテーブルの上の皿もコップも、皆白っぽく無性物の静謐《せいひつ》を保っているのに、ここでは茶碗一つも何か物云いたげで、それに気付くと紀美子は食べた飯が胃に重く納まっているのを感じてやりきれない。

紀美子は、食後納戸に入って赤い手提鞄を開けると、派手なワンピースを取出して着替え始めた。実は葬儀に列する準備をかねて、地味な服を多く用意してきたのだったが、そんなものを着ていたのでは気が滅入ってくるようでかなわなかったのである。熱帯の花々を大きくプリントした木綿の服は、体にぴったりしていて気持がよかった。思いきって胸を大きくくってあるのが、こんな家の中で特に誇らしい。

「禎輔伯父さま。お散歩に行きませんか？」下座敷に例の如く輪になって、喋るでもなく、手持無沙汰にあぐねている人々の中に、紀美子は立ったまま声をかけた。「ああ、行こうかな」のっそりと立上った禎輔と派手な洋服の紀美子を、皆はしばらく呆気にとられて見較べていた。

東京でなら、散歩には早すぎる時間であったが、煤煙《ばいえん》や埃《ほこり》を含まぬ澄んだ空気が汗の上を快くかすめるようで、日射しの強さが快適だった。禎輔は黙って歩いている。散歩と誘われて、ひどく従順に歩いているだけである。彼は、傍《そば》の姪の挑発的な扮《なり》には一向刺戟《しげき》されていないようだった。「伯父さま、お齢は幾つなの？」「あんたのお母さんの四つ上ですからな、五十二や」問えば、ゆっくりと答える。問わねば何時までも黙っている。二人の足は、どちらが先導するともなく、村の家並を抜けて、田んぼ道にかかっていた。深く息を吸うと、青、緑が胸の中へ飛込んでくる。空気が薫って、それが暑熱に適当に灼《や》かれているから、躰の中がいい匂いで一杯になるような気がしてくる。

「伯父さま、いつまで一人でいる気なの?」無遠慮な質問に苦笑いもせず、「いつまで、て。もうこの齢では来手《きて》もなし、や」と真面目な顔である。「ウソ。五十二なんて、まだこれからだと思っている人沢山いるわ」紀美子はかなり背が高い方なのだが、禎輔も性格とはうらはらな立派な体格をしていて、並ぶと紀美子は彼の肩までしかない。この頼もしい肉体が、衰滅する家の中で、抵抗もせずに萎《な》えようとしているのかと思うと、伯父の心の中を揺さぶってやりたい衝動に駆られるのを紀美子は抑えることができなかった。紀美子は、さり気ない風をよそおって、禎輔の腕に手をかけて寄りそった。

そのまま二人はしばらく黙って歩いていた。紀美子がそっと見上げて様子をうかがうと、禎輔はまっ直ぐ前を見詰めて、堅い表情である。紀美子は鼻にかかった声を意識しながら話しかけた。「伯父さま、あの家の中で何もせずぶらぶらしていたら退屈しやしませんか?」

「そうやなァ」何か云うのかと、続く言葉を待ったが、それだけが返事であるらしかった。

「伯父さまは若い頃、何が一番やりたかったのかしら。一生のうちには思う通りにコースがとれないこともあるでしょうけど、とにかく一時期何か熱中するということはあったでしょ?」

「そうやなァ」大分たってから、禎輔は言葉を足した。「何というて、なかったようやなァ」

紀美子の右腕は、禎輔の上布の袖の下で汗をかいていた。意識して強く伯父の腕を摑《つか》んでいたので、今更どうやって抜くべきか工合の悪い思いをしているとき、「紀美ちゃん、ちょっと離してくれませんか」間のびした言葉で丁寧に断ると、彼は道の端から田に向って悠々と前をまくり上げた。

日がようやくかげり始めて、広い空に白い雲が流れていた。森や山々が遠く淡彩になった。天も地も、曲線が多い。紀美子は来た道を一人でゆっくり戻りながら、聞くまいとしても背後の放尿の音が聞こえてくるのに苦笑していた。

日中、かなり熟睡していた花代は、夜に入ると又もや目ざめて気難しくなっていた。呼んだ人間が気に入らぬと、次々と思い付く人の名を挙げて交替させる。屢々《しばしば》呼ばれて直ぐ追出されるのは、禎輔と敬二の二人の息子であった。禎輔には病人が自分から気を使ってしまうのが気ずつないらしく、敬二の神経質には又うっとうしい思いをするからだった。

「敬二さん、なんで私の口を封じるんですか？」花代は、むっとして反抗する。「そやかてお母さん、そんなのべつに話したら、お母さんがくたびれて躰に悪いんでっせ。静かに休みなさいや」「静かに云うたかて、布団の中からいっぺんでも出えへんのや。食べたいものもなし、見たいものは見えず、そいで喋べったらいかんて、ほな母さんは何してたらええんやの？」

「何も考えんと、気ィ楽にしてなはいよ」

「何も考えんいうのには、修業がいりま。病気のときに坐禅《ざぜん》が組めるやどや考えてみいな」花代は本気で怒り出す。

医者も、要するに時間だけの問題だと思うが、とにかく饒舌は躰の衰弱を招きやすいから、抑えられたら抑えるにこしたことはないという意見であった。「気楽な話を看病する側で話し続けるんですなあ。でなければ、本を読んであげるのもよろしいわ」

当然、読書に賛成して、紀美子が東京を発つとき買ったベストセラーの小説はどうだろうかということになったが、敬二がまた意見を出した。「それはちょっと内容が刺戟的やさかいな」安代も、「お母さんは、あれで新しがりで、評判の小説はよう読んでるけども、一生懸命聞くというのも疲れるもんですさかいな」と肯いた。

では、花代の坐右の書とも云うべき読みなれた書物を読んではという案が出て、それに決定したが、「ほな、何を読みますか?」という点で又困った。禎輔が、大分たってから、「源氏物語あたりですわな」と云い、それがもとより原文であることを知っている人々は顔を見合わせて直ぐにはそれがいいと云い出しかねた。源氏物語というものは、おそろしく難解な古典であると、読んだことのない人々まで思い込んでいるからであった。

反響が無いので、禎輔は彼なりに考え続けていたらしい。「病気になる前は増鏡《ますかがみ》を読んでたようですわ」と思い出した。「ああ、増鏡ですか」と、おっちょこちょいに口を挟む者があって、それがよかろうと、これは忽《たちま》ち決まってしまった。口を切った者の気楽な風が、増鏡の名をきいたこともない者たちに読み易い書物だと誤解させたのである。

増鏡を枕辺で読んできかせると告げたとき、花代は久々で微笑んで、「あれは文章が美しうて、寝てて聞かせてもろうたら極楽ですわなァ」と感謝したが、これがそれだと禎輔が花代の文机《ふづくえ》から取出してきたのを示された人々は、とたんに後悔していた。近村一帯を抑えている長老の一人が、百姓上りをさらけ出して手をあげてしまったのが皮切りで、読めないという者が続々出てくる始末に、結局のところ、禎輔と敬二と紀美子の三人が順番で当ることになってしまった。これではどうしたって、夜通しの朗読は私がやらされると、紀美子は潔く観念する。「お祖母さま、読みますよ」「大きに」花代は目を瞑《つむ》った。古ぼけたスタンドを探し出して、本だけを照らすように工夫した上で、いよいよ増鏡である。

御門《みかど》はじまり給ひてより八十二代にあたりて後鳥羽院と申すおはしましき。御諱《いみな》は尊成《たかひら》、これは高倉院第四の御子、御母は七乗院と申しき。修理《しゆり》の大夫信隆のぬしのむすめなり。高倉院御位の御時后の宮の御方に、兵衛督《ひようえのかみ》の君とて仕うまつられし程に、忍びて御覧じはなたずやありけん。治承四年七月十五日、生れさせ給ふ……

聖書や古事記に似て、初めのうちは面白くないものだなと思いながら読み進んで行く。花代は聞き入っているらしく、満足げに黙っている。紀美子は大学は数学科出身だから、古文の朗読など全く苦が手で、増鏡というものはそもそも誰が何を誌したものであるかも知らないのだから、彼女自身の興味も手伝ってかなり熱心であった。意味の分らないところは屢々出てくるけれども、そこは息を詰めて要領よく走り読む。が、仮名ばかりずらずらと並んだりすると、どうにも句読点をどこに打つべきかに迷って、えいっと構わず読み飛ばそうとすると、「ああ、そこのとこ、もういっぺん」花代は、はっきりした声で引止めるのだった。

二十分ほどして、紀美子はようやく、増鏡を花代に読んできかせることが如何《いか》に難事業であるかということに思い到った。増鏡そのものがかなり難解であるところへもってきて、花代が教師のように厳格に正確な読みを強制するのである。「くたびれちゃった。ちょっと休まして下さい」頼みこむと、「そうか」と聞き分けはよかった。

看護婦がまたいなくなってしまっている。病人を病室に一人のこしては、茶を汲みに出ることもならず、本を下に置くと紀美子はそのままぼんやりしていた。見るとなく、祖母を見れば、昔は鏡の前で日がな髪梳きに専念していた花代が、脂けのない髪を、もう幾日櫛を入れぬかと思うように乱している。老醜に、紀美子は怯《ひる》むよりも、救いの手を出してあげたかった。「お祖母さま、ちょっと髪をとかしてあげましょうか」花代は嬉しげに、「大きに。もうパサパサになってしもうて、私も気になったんえ」と応えた。

薄い髪の一本々々は、根元から針金のように堅くて黄楊《つげ》の櫛の云うことを仲々きかなかった。奥の洗面所に古びたポマードが置いてあったのを思い出して、紀美子は取りに立ったが、戻ると花代は自由な右腕を動かして、自分で髪を撫でていた。痩せ細った掌が、何度も何度も額から後頭部へ動くのを見ているうちに、紀美子は突然のように花代の生命を感じた。

屍《しかばね》のように思って、そのうわ言を聞く思いでした昨夜の看病であった。久瀬家が往年の名声を遂《つい》に潰え去った図を見ているものと思いこんで、伯父や叔母たちを観察していた紀美子であったのに、今、花代自身に粧《よそお》う心が尽きていないことを知って、愕然《がくぜん》とする思いだった。
病人は、嗅覚が鋭敏になっているらしかった。ポマードの蓋《ふた》を開けて、掌でのばしていると、
「嫌な匂いやの。なんですか」と云う。「髪を押えようと思って。ポマードよ」そう聞いてから
は、嫌がらなかった。紀美子も構わず多い目にべっとりと白髪になすりつけた。「昔はびんつ
け油っていうのを使っていたものなんでしょう?」「そうえ。あれも嫌な匂いやった」
頭の地肌をすらぬように気をつかいながら、紀美子は丹念に幾度も幾度も櫛を通した。快さ
が、花代にまた饒舌の機会を与えていた。
「政代さんにはついぞ一度もこんなことしてもらわなんだなあ。齢とってよかったと思うわい
な。あんたも齢とって、紀美子のような子ォ出きて、よかったなあ」間違っているのだった。
花代は今、髪を梳く紀美子をすっかり政代と思い込んでいる。「お母さんは我儘やて、云いた
いこと云うてやったけども、あんたには随分云うままにさせたった。東京へ行てから、毎日お
父さんに内緒で仕送りさせて、やれ紀美子の入学祝いや何やてその度小切手送らせて、それで
独立やの自由やの。紀美子に聞かしたら笑うやろと思うわ。あの子の方が、芯がしっかりして
る。あの子は家を出ても一人で食べて行く子ォや。ほんま、ええ子ォ生んだもんや」当の紀美
子は聞きながら、くすぐったくて仕方がない。
「そやけどなあ、政代さん。あんたが傍にいてェへんので、お母さん心細かったで。禎輔さん
は頼りにならん。敬二は嫁に任せたし、久瀬の家は私一人でどないかこないかやらんならん。

年寄って、一番したいもんは贅沢《ぜいたく》で、それが思うままにならんさかい、死ぬと思う度に振舞うて来ましてん。床揚げの祝いは、政代さんは知らんけど、大仰なことしていたんえ。そやかい、病気度、人が多勢寄るわ。見舞いも気ばって寄越すわ。皆、それが目当てじゃ。あんたは贈答《たんび》の礼儀ちゅうもんを嫌うていたが、考えたらこんな面白いもんはあれへんのやで」ひゃつひゃつと花代は喉と鼻で笑うのである。

「お父さんは思うがまま、使い放かいに使うてお死にやった。それで崩れ始めた家やもん、戦争がのうても、私がつましに暮しても、どうで禎輔さんで根こそぎ無くなる家運ですやろ。政代さん、あんたが飛出すような昔の久瀬家は、ほんまの昔ものがたりや。あんたにこの前、内蔵の中のぞかせたげたわな、誰も他には知らへんのえ。残ってんのは、私のコレクションだけや。しょうむない、硯屏《けんびょう》ばっかり」硯屏というのは、硯の前に立てる小さな屏風《びょうぶ》のことだ。紀美子は疎開中に祖母の手伝いで手入れをさせられたことがあったから覚えていた。しょうむない、と花代はいみじくも云った。それは大きいものでせいぜい高さ十五糎《センチ》ほどの、有っても無用の飾りものにすぎない。翡翠や象牙などの凝った細工物ではあっても、売ってまとまった金になるものではないのであろう。花代は、また、ひゃつひゃつと笑って、「蔵の中は、空《から》ですわ」と云った。

「政代さんは、お父さんに仕え、兄さんにかかりきりで、家の中の芯棒になってる女の姿が耐えられんのや云うてやったが、お母さんは忍従の精神を愚劣やと思わんか云うてやったが、私は忍従したとは一度も思たことない。けど、一生懸命やった。お父さんが政治家になりたいと若いころ急にお云いやって、それからは精一杯の政治家夫人や、無理もしましたえ。禎輔さんを東京の大学へ行かせてる間も、精一杯の母親やった。お父さんの滓《かす》みたいな子ォやっと気がつくまでは、私は一生懸命やった。あんたがそれ不満で、男ばかりが天下取るか云う偉いこと云うて、家飛出すころまでは、私は禎輔さんは、久瀬大輔の後つぎやと思うてた。ほんまに、そうやった」

息子に対する絶望が、何時きたものか、どんな形で花代を襲ったものか、花代は口を噤んで、しばらく回想するように黙った。紀美子は小さく髷《まげ》を結い上げると、そっと前の位置に戻って、枕許の花紙を何枚も使いながら指先の油脂を拭っていた。夜ということが、ひしひしと感じられる。

「あんたが家を飛び出したあとで、お父さんが、政代が男やったらなあて一言だけおっしゃってやった。お父さんは先に気がついてたんですなあ、男やさかい。けど、私はそれからは夢中で禎輔さんをかばうて来た。精一杯で、禎輔さんのボロ出すまいとして来ましてん。政代さん、そのころあんたが知らん顔やったのは、寂しかったえ」紀美子には思い当ることがある。政代と父との関係に、花代の生涯に相似たものを感じるのである。女というものの運命なのだろうか。としたら、紀美子は反撥しなければならないと思っているとき、花代は入れ歯を唇からはみ出すようにして、声を立てずに笑った。「農地解放のときは、嬉しかったえ」

戦後、小作人に任してあった田地は、すっかり政府に唯同様の値段で買上げられた。ガタついていた久瀬家に、遂に致命的な打撃となったのである。それを、嬉しかったと花代は云う。「これで久瀬の家は建て直しがきかん。こう思たらな、一生懸命やってきたことが無駄になったということより、心が隅々まで晴れ晴れして、政代さん、政代さんて大きな声で呼びたかったがや。山はどんどん売った。道具もこっきり売り払うてしもた。税金のためやと自分でも口実つけてたけどな、死んだ後のことは考えいでええのやと思うたら、もう嬉しうて、嬉しうて」久瀬家には、もはや山一つ、道具一つ残っていないのだと打明けると、花代はまたも声をあげて笑うのだった。

浮かれているとき病魔に見舞われ始めた。同時に、抑えていた派手な性格が花を開いた。大輔存命中は、大輔のために振舞った金であったが、花代は今は晴れて自分のために撒《ま》き散らしたのだ。妻を失った禎輔と同居するようになって、いよいよその性向は募った。敬二は眉をひそめ、安代は流石《さすが》お母さんだと感嘆し、そして政代は遠くその噂を聞いて、ふんと肩をそびやかした。誰も誤解していたのであった。ただ禎輔だけは、いささかも自分の生活を乱さず、泰然として客と応対していた。おそらく久瀬家の末裔《まつえい》に相応しい態度であったろう。

「香奠《こうでん》はようけ来るやろと思うわ。けど、香奠返しはもう何もでけへん。死んだ後で、みんなが慌てるやろと思うたら、もう面白うて、面白うて」ふかすような笑いが、広い暗い部屋中に漂っている。紀美子は、夏の夜を肌寒く感じ始めていた。

このまま放っておいては病人も疲れると思い、口を封じる手だてに増鏡をとりあげた。「読みますよ」「大きに。下の巻の第十七を読んで下さい」

第十七。春のわかれ。卯月の末つかたより、法皇御悩重くならせ給へば、天下の騒思ひやるべし。御門もいみじくおぼしなげき、御修法どもいとこちたく、またまた始め加へさせ給へど、しるしもなくて、日々にもおもらせ給へば、夜昼となく、いかにいかにととぶらひ奉らせ給ふ。若き上達部などは、直衣にかしはばさみして、夜中暁となく、遥けき嵯峨野を、寮の御馬にて馳せありき給ふめり。今はむげにたのみなき由聞ゆれば……

ふと見ると、花代は皺の中で小さな眼を開いていた。鈍い電灯を受けて、瞬きをしているわけでもないのにチラチラと輝いている。

この人の血が、私にも流れていると思うと不思議だった。が、ふとそう気がつくと、紀美子は躰の中に、久瀬家の執念が、どくどくと注ぎこまれてくるのを感じた。読んでいる増鏡に、意味を汲む余裕はなかった。何千年の間に何億人の人々の信仰を堆積している仏に向って、経を誦《じゅ》する僧の心理はこうもあろうかと思うようだった。増鏡を祖母に最後の孝行として読んでいるとは、もう紀美子は思わなかった。花代を通して、死んだ家に何百年生きていた人々の勁《くろず》んだ生命を受取るために、やるべきことはこれだけだと紀美子は憑《つ》かれて読み続けた。

覚えず知らず、声は高く大きくなっていたのである。
襖がそっと開いて、「紀美ちゃん、そんな読み方したら、お母さんに強《きつ》すぎへんか」敬二が輪郭のない顔を出した。

（「文學界」一九五八年五月）

崔《さい》敏《びん》殻《かく》

閻魔《えんま》大王は急いで笏《しゃく》の先で口を押えようとしたが間に合わなかった。部厚い上唇と下唇の間から大きな黄色い歯が押上ってきて笏にガチガチと音をたて、それが一杯に広がるとまっ赤な喉の奥から嵐のような息が湧き出したものだ。この大欠伸《あくび》は忽《たちま》ち傍聴席にいた亡者たちの連鎖反応を呼び起した。あちこちで頤《おとがい》の蝶番《ちょうつがい》をきしませながらギイギイアアーと欠伸をする者が続出した。傍聴席にいる亡者の数は十五年前に較べれば十分の一にも足りなかったのだけれども、全身骨ばかりの亡者たちが一斉に口を開いて欠伸をした図はちょっとした壮観というものであった。

いったい冥土へ送り込まれた亡者たちは、最初のうちは衣類も肉も身につけているのであるが、年月が経つにつれて地上に残った屍骸《しがい》と同じように肉も髪も剝落して行くものなのである。焼け死んだ者や火葬に付された者たちは初めから骨だけで冥土の入口に到着するのだけれども、水死したものは水ぶくれのまま、怪我が因で死んだものは例えばどてッ腹に大穴を開けたままで冥土へ送り込まれてくる。但《ただ》し亡者たちは誰も例外なく血というものを持っていなかった。

だから傷口は拭きとられたように清潔で、血が腐った膿《うみ》を流している者も一人もなかった。地獄には便所というものが無いくらいだから、万事が非常に衛生的なのである。

地獄に来たばかりの連中には仲々裁判の傍聴券は手に入れ難かったので、傍聴席にいる亡者たちは例外なく肉も髪も綺麗《きれい》に剝がした骨ばかりの人々であった。そして原告席にいる一人の亡者すらも、この十五年の間にすっかり肉も髪も失ってしまっていた。しかし彼は冥土の他の亡者とは異る著しい特徴を持っていた。それは彼の頭蓋骨から肩胛骨《けんこうこつ》、そして指の先の小骨にいたるまでひどく艶がよく、まるで磨き上げたように白く光っているという点である。殊に彼の頤の蝶番の辺りは潤滑油が滲《にじ》み出たように脂ぎっていた。その理由は簡単である。それは同時に法廷にいる閻魔大王以下の面々が欠伸をした理由でもあった。

彼は博陵（河北省）の崔敏殻《さいびんかく》という男である。冥土へ到着したのは十五年前の春であった。それから今日までの五千四百七十九日の間、崔敏殻は朝に三度、昼に五度、夜は七度、一日の休みもなく繰返し繰返し同じ言葉を繰返しているのである。

「私が死んだのは人違いです。博陵には軒の低い泥で固めた同じような家が一カ所にぎっしりかたまって建っているので、冥府の使者は間違えて私の家に入って私を連れて来てしまいましたが、死んだのは私ではなくて、隣家の韋定《いてい》という男です。その証拠には私の体のどこにも傷はおろか内臓の故障も何一つありません。この十五年の間に傷の有無を示す皮膚も肉もなくなってしまい、内臓の強靭《きょうじん》さを見せよう術《すべ》もなくなりましたが、冥府の入口の医者たちは此処《ここ》へ到着したばかりの私の体を綿密に調べて記録してある筈《はず》ですからどうぞ御覧下さい。隣の韋定は私より十年も歳上《としうえ》で、そそっかしいのでは前から有名な男でした。自分の家を私の家と間違えて飛込んで来たことなど幾度あったか数えきれないほどです。あるときなどは空腹だと喚《わめ》きながら這入《はい》ってきて卓上の料理をしこたま食べてから私の妻の顔に気がついて、飛上って驚いたことがありました。それくらいですから、私が死んだのを間違えて韋定の方が死んだとしても人々は怪しまなかったでしょう。韋定なら有りそうなことだと人々は腹をかかえて大笑いしたかもしれません。それが韋定の死んだのを私が死んだのと間違えたのですから、冥府の役人は韋定よりそそっかしいじゃありませんか。韋定は十五年前、例によって外から帰ってくると腹が空いた何か喰《く》わせろと怒鳴りながら家の奥に飛込んだのです。それが丁度韋定の女房が買物から帰ったばかりのところでした。頭に飾りものをしていたのと、家で不断に着ている便装《べんそう》姿でなかったのと、韋定がいきなり飛込んで来たために女房が驚いて声をあげたのとで、奴さんはまた間違えて他人の家に飛込んでしまったとすっかり思い違えたのでしょう、これは失礼とばかりに部屋を飛出そうとしたんですね。その拍子に部屋の入口の屏風《びょうぶ》を蹴飛ばし、それが倒れて来たので慌てて飛びのくはずみに壁の額を落し、物音に驚いて厨《くりや》から顔を出した娘に二度びっくりしてひっくり返った上に、棚から酒甕《さかがめ》が落ちて来て物の見事に韋定の頭を粉々にしてしまったのです。いいですか、頭蓋骨が粉微塵になって脳味噌が床にぶち撒《ま》かれて、それで韋定が死ななかったのは摩訶不思議というものじゃありませんか」

崔敏殻の頤の蝶番から、涎《よだれ》のように油がしたたり落ちた。人間の体というものは使えば使うほど丈夫になることになっているので、崔敏殻もこの十五年の間に頤がひどく逞《たくま》しく大きなものになってしまっていた。彼が喋ることを止《や》めないものだから、頤を動かす潤滑油は後から湧き出し、頤からしたたり落ちた分は全身の骨に浸みていよいよ艶を増させる働きをしていた。彼の髪も肉も剝落していたが動き続けている舌だけはまだ残っていて、閻魔大王の舌よりも赤く派手に歯の奥で躍り狂っている。

崔敏殻はまた一きわ大きな声で叫び出した。

「世間では韋定が頭を砕かれても死ななかったのは上から落ちて来たのが酒甕だったからだと云《い》っているようですが、酒精には殺菌力があっても接着剤の働きは全くありません。第一、あの酒甕は割れなかったのですよ。そうでしょう、物と物がぶつかった場合、割れるのは脆《もろ》い方だと定っています。頭蓋骨の方が酒甕より脆かったから砕けたので、酒甕の方は無事だったのです。中の酒は多少こぼれたかもしれませんが、それがあれだけの大怪我にどれほどの利き目があったでしょうか。頭蓋骨が粉々になり、脳味噌がはみ出し、目玉も飛出てしまった韋定が、次の瞬間にはけろけろと起上って、なんだ此処は俺の家かと云ったのですからね。女房も子供も泣き叫びながら傷の手当てをしようとしましたが、ぐちゃぐちゃになった韋定の頭に誰が手をつけることができたでしょうか。ところが韋定がちょいと両手で頭を抑えると、血までピタリと止ってしまったのですから呆れます。もともと無器用な男でしたから、抑え方が下手《へた》だったので今でも頭の形は歪んだままですが、脳味噌の形が変ったせいかひどく性格が落着いてしまったようです。あれから十五年たっても怪我一つしないところをみると、あのときの衝撃でそそっかしさは癒ってしまったのかもしれません」

崔敏殻はここで、彼の前にある木製の手摺《てすり》を掌《てのひら》でコツコツと激しく叩いた。

「閻魔大王ならびに此処においでの皆さん、韋定が死ななかったのは何故《なぜ》とお思いですか。それは奇跡でも何でもありません。冥府の使者が間違えて私を此処へ連れて来てしまったからです。韋定の頭の上に酒甕が落ちてきたとき、私は丁度食事が終ったところで椅子から立上ろうとしていました。その日の惣菜《そうざい》は鶏絲《チス》黄瓜《ホアンゴウ》と加利魚片《カリーユーピン》と炒菠菜《チャオボウツァイ》とでしたが、私の好物の肉が少なかったので特に食べすぎてもいませんでした。叫び声一つ立てずに即死した私を、世間では肉団子が喉に詰ったのだとか、心臓麻痺を起したとか様々に原因を推量しましたが、食卓には肉団子もそれに似た固形物もなかったのです。第一、食物が喉に詰れば、死ぬまでにかなりの時間悶《もだ》え苦しむものじゃありませんか。また私の心臓については多少人よりは大きく強い傾向はあるかもしれませんが健全な状態だったのは冥府の入口で、私の診察に当った医師も認めているところです。私は死ぬ原因が何一つ無いまま此処へ送られて来ました。私が韋定の身代りにならなければならない理由も何一つありません。私は韋定がどんなそそっかしいことをしでかしても彼を嘲嗤《あざわら》ったことはありませんでしたし、事実彼は人の好《よ》い男で他人の恨みを買うような人間ではありません。私は人違いでこんなことになっていても未だに韋定を恨む気にはなれないでいるのです」

崔敏殻はそれから一しきり冥府の入口に着くまでの使者とのやりとりを詳述してから、ようやく閻魔大王の顔を振仰いで、もう八万回以上も繰返している彼の結論をまた改めて叫びたてた。

「私の申立てに疑念があればなんでも訊いて下さい。私は嘘や事実無根の申立ては一切していません。私は間違いを糺《ただ》したいのです」

閻魔大王は、傾《かし》いでいた笏を立て直して、徐《おもむ》ろに大きな口を開いた。

「お前の申立てに対して、我々は全く疑念を持っていない。それはもう十年も前から言っているではないか。確かにお前を死なせたのは役人の手落ちであった。だが当方が手落ちと認めるまでに五年かかってしまい、お前の体はすっかり土中で腐っていたのだ。だから、誰か他の人間の肉体にお前の魂だけ乗りうつるようにしようと私が調停案を出したのに、お前は蹴ってしまった」

「はい、十年前に、閻魔大王あなた様は武漢のさる農家の息子に私の魂を乗りうつらせ行く行くは武漢で名だたる豪農にしてやると仰言《おつしや》いました」

「そうだ」

「私は博陵の貧農の倅でございました。私の知る限りでは一代で豪農になる為には辺りの百姓たちの生血を啜《すす》るような悪辣《あくらつ》な手段を打たなければならないもので、その為に貧しい者たちは日に夜に私を恨むことは明瞭です。私は正しいことが殊の他好きな男ですから、とてもそんな人間に生れ代る気にはなれません。第一、武漢は釜の底と同じくらい暑いところです。気候からいってもまっ平ですよ」

「二年かかってもお前が納得しないので、我々は気候のいい杭州の魚屋の息子にしてやろうと云ったが、お前はそれも嫌だと云った」

「私は魚が大嫌いですから。杭州は風光明媚《めいび》ですが、どうも私には食物が口に合いません」

「贅沢《ぜいたく》なことを云う奴だ。それから二年目に我々はお前を蘇州の宿屋の若主人にしてやろうと云ったではないか。蘇州は美人の多いところだ。好きな女を三人でも四人でも妻にすればいいと云ったじゃないか」

「私は色好みではありませんから、どんな美人だって三人も四人もほしくはないんです。第一、そんな美人を女房にして旅人の泊る宿屋を経営していたら、誰が女房にちょっかいを出すかと危なかしくて心が鎮まりません。私は気に障ったことがあるとトコトンまで理を詰めて頑張る性格ですから、その度に騒動が持上り、旅人は私の宿屋には泊らなくなってしまうでしょう。宿屋に客が来なくなったら私や私の妻たちはどういうことになるか、閻魔大王あなた様はよく御存知だと思います」

「崔敏殻。お前の気に入る地方の、お前の気に入った役人を、お前の方で指名したらいいと私がお前に云ったのは四年前のことだぞ。その役人の体にお前の魂をのり移らせ、官位や俸禄を倍にしてやろうという最上級の案に対しても、お前は首を縦に振らなかった」

「どの役人にしたところで、私は他人の親に孝行しなければならなくなるでしょう。実の親は未だに私を失った悲しみは忘れていないのに、私がどうして他人の親に尽さなければならないのか。間尺に合わない話というのはこのことです」

閻魔大王は、もう欠伸も出ないほどげんなりしてしまっていた。彼は去年の新しい提案について改めて崔敏殻の意見をきこうとしたが、声は顔に似合わずひどく弱々しい響きを持っていた。

「お前の両親のいる家にお前を帰らせる方法は唯《ただ》一つしかないのだぞ、崔敏殻。お前の妻の体にお前の魂をのり憑《うつ》らせるのだ」

「それについては以来今日まで二年間というもの私は、毎日十五度ずつ御返事しているではありませんか」

と崔敏殻はまた声を張り上げて答える。

「私の妻は私の死後は未亡人となって私の両親に仕えているのですが、こんな不幸な女に生れ変って自分の再婚も考えることのできないのは不合理ですよ。両親の死んだあと私の妻となった私は一体どうなるというのですか。それでなくても私は御辞退します。なんといっても女は妥協しなければ周囲の鼻つまみになりますからね。理詰めで正義を主張するのも女がやってはあまり可愛げのないもので、人に愛されない女になってしまったのでは私の妻もこれに勝る不幸はないと思います。私は、女は男より幸福な一生を送るべき権利があると思っていますから、これはお断わり致します」

この十五年間というもの、こうした問答を昼となく夜となく繰返す内に、閻魔大王は匙《さじ》のかわりに手に持った笏を投げ出し、ひっくり返って高鼾《たかいびき》で眠りたいと何度思ったかしれなかった。妥協が嫌いで正しいことが滅法好きといっても、よくも十五年の間日に十数度も繰返し繰返し同じことを云い募ることが出来たものだと閻魔大王は呆れ返っているのであった。電話もかからなければ宴会もない冥府は、まことに閑《ひま》なところなのであるけれども十五年間も崔敏殻にねばられると流石《さすが》に事務が停滞した。崔敏殻の後から冥府に送られてきた連中は、行先もきまらぬまま入口のところで長蛇の列をなして待っているのだ。

崔敏殻が来るまでは新入り亡者は入口の医師の書いた診断書を持って閻魔大王の前に立ち、それで大王から直《じ》き直きに行く先を決定されて山や川や池に出かけて行ったものなのである。その人々はすぐに悟りを開いたり諦めをつけたりして、もう人界に出かける気力もなくしてしまうのだが、決済のすまない診断書を持って順を待っている人々は、まだまだ骨に艶のある輩《やから》が多いから恨みや迷いが消えるどころでなく役人たちが欠伸をしたりしている隙をみては、ふらりふらりと幽霊になって人界をさまよい歩くのであった。

為に人界の秩序は乱され、方々で鬼を治める術が発達する一方それと反比例して科学の発達が阻まれることになった。天帝から頻繁に使者が来るようになり、亡者の取締りを強化するよう閻魔大王の猛省を促すというのである。これには全く閻魔さまも弱ってしまった。崔敏殻ごとき者と天帝の間に挟まれて立つ瀬がないというのでは閻魔大王も威張れたものではない。これはどんなことがあっても崔敏殻の納得のいく方法を考え出して冥府の入口でうろうろしている亡者たちを落着く場所へ落着かせなければならない。

閻魔大王は勇を振ってがっと大きな眼を瞠《みひら》き辺りを睨《ね》め廻《まわ》した。そうしなければ睡魔が払えないのでもあった。傍聴席の連中の中には欠伸だけでは足りなくて、こくりこくりと居眠りを始めている者もいた。こくりこくりとする度に首の骨がガクリガクリと鳴るのである。悟りを開いたり諦めをつけた亡者たちは骨の油が抜けて艶もなくなったくらいであるから少しでも動けば骨が軋《きし》み音を立てる。ギイギイと顫を開けて欠伸をするもの、ガクリガクリと居眠りをする者を眺め渡して、しかし閻魔大王は今更のように傍聴人の数が激減しているのに驚いていた。

冥府には数多くの山や川や池があるが、山にも蓬萊山《ほうらいさん》や針の山があり、池にも蓮池、養老池があるかと思えば、血の池、煮え湯の池があるのである。蓬萊山や養老池に送られた亡者たちは終日うつらうつらとしていて、冥府の入口でどんな事件が持上っても出かけて来るような物見高い者はいない。傍聴席にいるのは針の山を駆け廻ったり、血みどろ川で舟を漕《こ》いだり、煮え湯の池で泳いだりしている亡者たちが息抜きに出かけて来ているのである。十五年の昔には亡者たちはその息抜きが有難くて傍聴券を奪いあうようにして手に入れたものであった。崔敏殻の弁論や閻魔大王とのやりとりを曲芸か相声《まんざい》をきくように楽しんで聴いていたものであった。

しかし同じことが既に八万二千百八十一回も繰返されると、流石の亡者たちもすっかり退屈してしまった。閻魔大王と一緒に欠伸をした連中は、これはよほど忍耐力のある亡者たちなのかもしれない。地獄へ追いやられた亡者たちというのは、生きていたときなんらかの悪事を働いた輩であるから、つまり善人よりは退屈することが嫌いな人々なので、崔敏殻の申立ても繰返し繰返しになって、彼がどこで手摺を叩き、どこで声をはりあげるかまで分ってしまうと、もう全く退屈してしまい、この退屈に較べれば針の山も血の池も遥かに刺戟《しげき》があっていいと思うようになった。今、傍聴席でうたた寝をしている亡者たちは、善人がその気のよさから迂濶に悪事をしでかしてしまった連中なのかもしれない。

彼らを眺め渡した閻魔大王の口から思わず吐息が洩《も》れた。吐息は欠伸のような連鎖反応は起さなかったが、春の突風ぐらいの働きを示して、傍聴席の亡者たちを眠りからゆすぶり起した。

「崔敏殻」

閻魔大王は大音声を張り上げた。

「どうすればお前の気に入るというのだ。お前は儂《わし》の提案の悉《ことごと》くを蹴り飛ばして、ただ我々を困らせる為にこれからもそうやって喚き続けるつもりなのか」

「分っていないんですねえ」

崔敏殻はいかにもじれったそうに頭蓋骨の前面をしかめた。

「私は私に帰らしてもらいたいのです。誰の体にのり移るのも嫌なのですよ。私は私自身になって生き返りたいのです」

「だから云ったではないか。お前の体はもうとっくに骨だけになってしまった。お前がお前になって生き返れば、骨だけで歩き廻らなければならなくなる。そうなるとお前の親も妹も気味悪がって傍《そば》にも寄りつかなくなるぞ。それでもいいというのか」

「困りますよ。しかし、そもそもが冥府の役人の間違いから起った事件なのですから、その最高責任者として、閻魔大王あなた様には私を元通りにして人界に生き返らせる義務があるのではありませんか。要するに私の主張するところはそれだけです」

「しかし、崔敏殻、骨だけになってしまったものを生き返らせるのは無理というものだぞ」

「どうしても駄目ですか」

「どうしても駄目だろうな」

「それでは私はこれまでの十五年間喚き続けてきたように、これから先十万年でも百万年でも喚き続けることにしましょう。私は妥協が大嫌いで正義を主張するのが大好きですから、百万年が一億年十億年になっても飽きることも疲れることもないでしょう」

そんなに長く崔敏殻に頑張っていられては、事務はいよいよ停滞して、職務怠慢のかどで閻魔大王は罷免《くび》になってしまうだろう。閻魔大王は体が大きいからもともと知恵というものには縁遠い方で、それが知恵袋をしぼりにしぼって二年毎《ごと》に新しい方法を考え出して来たのであったが、ここに到って遂に万策尽きた形になってしまった。

そこへ役人が天帝の使者の来訪を告げた。開廷中だと云ったが至急に会いたいと云っていると云う。

「此処へお通しするがいい」

閻魔大王はやけっ八になって叫んだ。

天帝の使者は馥郁《ふくいく》たる匂をたてて静々と閻魔大王の前に立現われた。使者の口上は、これまでと全く同じである。

「これを御覧下さい。初めからやって御覧に入れましょう。事務の停滞している原因はただこれだけなのですから」

閻魔大王は天帝の使者に椅子をすすめてから、崔敏殻の方に手をあげて合図をした。

崔敏殻は美しい女性の使者を見て、また張切って初めからやり出した。

「私は博陵の崔敏殻というものですが、私が死んだのは人違いです。博陵には軒の低い泥で固めた同じような家が一カ所にぎっしりかたまって建っているので冥府の使者は間違えて私の家に入り私を連れて来てしまいましたが、死んだのは私ではなくて隣家の韋定という男です。その証拠には……」

閻魔大王は欠伸を嚙《か》み殺すのに苦労していたが、天帝の使者は初めてだからひどく面白そうに微笑を顔に浮かべ肯《うなず》きながら崔敏殻の熱弁に聴き入っていた。傍聴席の亡者たちは半数は完全に眠ってしまい、半数はのびをして出て行ってしまった。新たに傍聴券を手に入れて入って来た亡者たちは崔敏殻には興味を示さず天帝の使者を眺めている。何しろ天帝の使者は絶世的美女であったから、これはちょっと見飽きようがなかったし、しかもその美女が崔敏殻の話につれて笑ったり拍手したり様々な表情を浮かべるのである。傍聴席の亡者たちは見惚《みほ》れていた。彼女の拍手につられて掌をカタカタと叩き合わせる者も出る始末であった。

崔敏殻は観客の熱狂に応える舞台俳優のように熱演した。じっくり気を入れて語ったものだから、いつもの倍以上の時間がかかってしまった。閻魔大王はいよいよげんなりしたが、天帝の使者は大変に満足したらしく、にこやかに彼を省みると金鈴を振るような美しい声で云ったものだ。

「崔敏殻の申立ては正しいと思いますわ、私も」

「正しいのは我々も十年前から認めているのですよ。ただ彼を蘇生させる方法がないので困っているわけです」

「そうですのね」

天帝の使者は頭をちょっとかしげて何事か思い出そうとしていた。黒髪を飾る瓔珞《ようらく》が美しく揺《ゆら》いでいる。やがて彼女は閻魔大王に振向いて云った。

「私の記憶に間違いがなければ、西の国に起死回生の妙薬というのがあったと思いますわ。使者を送って取り寄せたら如何《いかが》でしょう」

閻魔大王は迷惑そうに云った。

「西の国へ行って帰って来るには二年や三年はかかりますよ」

「でも崔敏殻は百万年以上も頑張ると云ってましてよ。二年や三年はそれに較べれば物の数ではないのではありませんか」

血の廻りのよくない閻魔大王はようやくここでなるほどと合点した。今の調子で崔敏殻にねばられることを思えば三年が十年になっても起死回生の妙薬は手に入れなければならないのだ。

閻魔大王は笏を持ち直して天帝の使者に丁重な礼を云った。

「それでは天帝にどうぞよろしくおとりなし下さい。起死回生の薬をもって崔敏殻を人界に送り返すまではかくの通りの仕儀ですから幽霊の取締りが難かしいのです。今しばらくお待ち下さるように、貴女《あなた》からくれぐれもよく説明して下さい」

「かしこまりましたわ。でも当分私のような使者は後をたたないと思いますわ。だって私が帰って話をすればみんな興味を持って崔敏殻を見に来たがるでしょうから」

閻魔大王は渋面を作って天帝の使者がころころと笑うのを見ていたが、彼にしては見事な返事をしてのけた。

「残念ながら崔敏殻の裁判はこれで打切りです。彼を人界へ送り返すことに決定したのですから」

「では薬が届くまで崔敏殻は何をしているんですの」

「蓬萊山でででも遊ぶように手配しましょう」

「崔敏殻が蓬萊山でのんびり遊んでいるでしょうかしら」

天帝の使者は悪戯《いたずら》っぽい眼《め》をして閻魔大王を見上げてから、喉許《のどもと》でクックックッと笑って帰って行ってしまったが、彼女の予言が的中したのは実に間もなくのことであった。

崔敏殻は蓬萊山で最初の一カ月はぐっすりと眠ったが、二カ月目には彼の舌の根がまず眼を覚ましてしまって、誰彼かまわず議論を吹っかけたのである。

「かねて話にはきいていましたが蓬萊山は来てみると実に詰らんところですね。陽当りがよくって年がら年中ぽかぽかしているけれども、こんなところへ放り込まれて未来永劫《えいごう》ぼんやりしていなければならないとしたら、地獄の責苦より辛いじゃありませんか。人界に生を享《う》けて折角善行を積んでも、こういうところへ送られて来るのでは随分馬鹿々々しい話ですね。あなた方はこの不合理に対して何故抗議を申込まないのですか」

蓬萊山の住人たちは他人の言に耳をかしても、ただ適当に首の骨をガクガク鳴らして肯くばかりで一向に張り合いがなかった。崔敏殻は三カ月目にはもう我慢しきれなくなって閻魔大王に面会を強要してきた。

閻魔大王は山積している新入り亡者の診断書の分類に多忙を極めていたから、崔敏殻の話を皆まできかず簡単に彼には蓬萊山が気に入らなかったのだという工合の理解しかできなかった。

「では養老池の方に案内するように」

そう役人に命じると、もう振向かなかった。

だが崔敏殻は三カ月目にまた閻魔大王のところに戻って来てしまった。

「閻魔大王あなた様はどういう考えで養老池などが善人に対する論功行賞になると思われたのですか、それが伺いたい。酒好きの人間にとっては極上の茅台酒《マオタイ》がなみなみと湛《たた》えられている養老池の縁で、その匂に酔って魂が宙に浮かぶような気分はこたえられないと考えるでしょうが、私の見るところでは養老池に送られた亡者たちは十年たつと完全に酒精中毒症患者になっているのですよ。私は禁酒論者ではありませんが、人界で酒も過さずに善行を積んだ人間たちが冥府へ来て酒精中毒症になってしまうというのは全く不合理な話だと思います。養老池なんてものは生前酒に酔って周囲の人間に迷惑をかけていた連中を放り込んで泳がせるのに向いているんですよ。閻魔大王あなた様もそう思われませんか」

閻魔大王はやれやれと思いながらも返事をしないわけにはいかなかった。

「崔敏殻。お前の云うことには確かに一理あると儂も思うがね、蓬萊山も養老池も儂がここに赴任する前からあったのだよ。儂は前任者のやっていることに対して忠実でなければならないのだ」

「それは理屈にはなりません。前者の誤りは後者が正すべきです。閻魔大王あなた様は冥府を改革するべきです」

閻魔大王は崔敏殻と議論することはもう沢山だと思っているから、当らず障らずに返事をすることに肚《はら》をきめた。

「そうだな、確かにそうかもしれないな」

閻魔大王は気のない声で相槌《あいづち》を打った。

「だが何しろ儂はお前のお陰で停滞した事務の整理が大変だから他のことは何もやれんのだよ。十五年分の新入り亡者の診断書に目を通してからでなくては、改革の方には手が届かないな」

「手伝いましょうか」

崔敏殼のこの申し出は閻魔大王を驚かせるに充分だった。

「いやいや、いいよ、いいよ。これは儂の仕事だから他人に代ってもらうわけにはいかんのだ」

「代るとは云いません。手伝うと云っているだけです。私の見るところ閻魔大王あなた様にはどうも事務的能力があまりないようですから、助手は前から必要でしたよ。私が早口で診断書を読み上げましょう。あなたはそれに対して亡者の行先を決定すればいいじゃありませんか。少なくとも今の三分の一の時間で仕事が捗《はかど》りますよ」

「それもそうだな」

閻魔大王は内心でも肯いていた。崔敏殼を何処《どこ》に置いても不合理を見付けては文句を云うだろう。その調子で冥土のあちこちを見て廻られたのではこれはとてもたまったものではない。それより当人が申し出ているように秘書代りに使ってやった方が、うるさいことも云うまいし儂も楽が出来るというものだ。

「それでは崔敏殻。起死回生の薬が届くまで頼んだぞ」

「かしこまりました。私は妥協となめくじとじっとしていることが大嫌いな性質なのですから、仕事が出来たのは何より有がたいです」

「では明日の午後から手伝ってくれ」

「午前中は何をなさるのです」

「眠っているよ」

「なんですって」

崔敏殻の舌の色が鮮やかに赤くなった。

「こんなに書類が溜《たま》っているのに、昼まで眠るとは何事ですか。この部屋の外には行先の決っていない亡者たちが十五年も待たされているのですよ。閻魔大王あなた様が眠っていられる場合ではありません。さあ、たった今から私が手伝います」

えらいことになってしまった。目算違いをしてしまった閻魔大王は渋々診断書の束を崔敏殻に渡したが、彼の仕事っぷりは将《まさ》に峻烈《しゅんれつ》を極めていた。休む暇もなく診断書の記載事項を読み上げるのである。閻魔大王が疲れて居眠りでもしようものなら崔敏殻の拳で叩き起される。人間の拳でもかなり痛いものだが彼の拳は全部骨のかたまりだから杖《つえ》の先で小突かれるより痛い。閻魔大王はやむなく耳は眠っていても口先だけは起きていて、崔敏殻の読み上げる診断書に、

「蓬莱山」

とか、

「血の池」

とか、めくら滅法に裁決するようになった。

するとたちまち崔敏殻の声が破鐘《やれがね》のように耳の傍で喚き立てる。

「これは極悪人ですよ、閻魔大王」

「う、うん、そうかそうか」

「蓬萊山に追いやりましょう、針の山では手ぬるいです」

「蓬萊山へ極悪人を送るのか」

「つい先刻の亡者も人殺しでしたが蓬萊山へ行きましたよ。閻魔大王あなた様が自分で裁可なさったのです。私はまことにいい傾向だと思いました」

「うん、しかし極悪人を蓬萊山へ送るというのは」

「未来永劫の苦しみですよ。あすこに三カ月もいると退屈で死にそうになりますが、もう死んでいるわけですから、それ以上死ぬわけにはいかず、つまり死ぬより苦しいというわけです。あなた様が私の言を容《い》れて冥土の改革に手をつけられたのは実に英断というものです」

崔敏殻に妙な工合に煽《あお》られて、閻魔大王は疲労困憊《こんぱい》その極に達してきた。崔敏殻に逆らおうとすると、大議論になってしまうので、疲れてふらふらになっている閻魔大王は結局のところは崔敏殻の云うなりに万事を決済することになった。かくして殺人犯や死刑囚や極悪人どもは蓬莱山へどんどん送り込まれ、酒に淫した者や酒乱で人に迷惑を及ぼした連中は養老池へほうり込まれ、反対に善男善女の亡者たちは針の山や賽《さい》の河原を駆け廻るという冥土にとっては将に革命に等しい事態が展開し始めたのであった。

更にいけないことには崔敏殻は山なす診断書の中から自分と同じように間違いから送り込まれて来た連中もかなりの数を見つけだしたのである。

「地獄の沙汰も金次第とは聞いていましたが、こんなに出鱈目《でたらめ》だとは思いませんでしたね。人一人の生死が冥府の役人の迂闊で左右されるのではたまりませんよ。見て下さい、この娘の場合は隣村の男と間違われて死んでいるんですよ。村も違えば男を女に間違えて、死なせてしまうなんて滅茶苦茶ですよ。この責任をどうとるつもりですか、閻魔大王」

「担当者を処分しよう」

「問題はそんなことでは解決しません。娘は婚礼の前夜急死してしまったんです。それで婚約者の青年は悲しみのあまり毒を飲んで死にました。青年は一人息子だったので母親は涙で自分の胸を泣きつぶして、これまた死んでしまったのです。冥土の役人の手落ちから三人の理由のない死者を出してしまったのですよ。この後始末はどうするつもりですか」

「困ったことだが仕方がない。間違いの方はお前に使う起死回生の薬の残りで生き返らせても、自殺した青年も死んだ母親も、この方は間違いなく死んだのだから生き返らせるわけにはいかない」

「娘だけ生き返っても相手の男が死んでいたら一層の悲劇じゃありませんか」

「それでも仕方がないじゃないか」

「仕方がないという言葉は仮にも責任ある地位にある者の云うべき言葉ではありませんよ。間違いは全て根本から訂正するべきです」

「どうすればいいのだ」

「三人を生き返らせるのです」

「分らない奴だな。本当に死んだものは起死回生の妙薬でだって生き返りはしないのだ」

「それじゃこの三人はどうなるのですか」

「三人揃《そろ》っているのだから丁度いい、蓬萊山ででも遊んでいればいいだろう」

「とんでもないことです。揃って死なしただけでも非道な話なのに、その上蓬萊山で死ぬよりつらい退屈な思いをさせるというのですか。愛は肉体あってこそ生れるもので骨だけの亡者たちは愛し合うことも憎み合うこともできない。だから冥界は平和なのですよ。いったいあなたには自分の義務と責任というものについてどれほどの自覚があるというのですか」

万事がこんな調子になるから、朝昼晩休みなく仕事を続けていても一向に能率が上らない。更に更にいけないことには、天帝の使者たちが入れ替り立ち替りやってきてはこの有様を見物しているのであった。天帝の使者たちは冥府の秩序が滅茶々々になり閻魔大王が崔敏殻にやり込められてふらふらになっている様子を見ると芯から面白くてたまらないらしくキャアキャア声をあげて笑い転げるのだ。

閻魔大王は気が狂いそうであったが天帝の使者を怒鳴りつけるわけにもいかず、崔敏殻の正義の旗印の前に立ちはだかる気力ももはや萎《な》えて、息もたえだえでただ心は西の国へ出かけて行った使者の帰りを待ち望んでいた。この調子で崔敏殻に悩まされていたら間もなく死んでしまうだろうと思うのだが、閻魔大王自身が冥界の存在であって亡者と同じように死ぬことのない身だったから、崔敏殻のいった死ぬよりひどい苦しみというものが身にしみて分るようで、閻魔大王はもう自分がどうしたらいいものかまるで分らなくなってしまっていた。

西の国へ送られた使者が起死回生の薬を持って戻って来たのは三年たってからであった。それは要するに肉芽の発達をうながす妙薬である。瑠璃《るり》の壺《つぼ》に入ったどろどろの液体であり、酢と大蒜《にんにく》を混ぜたような匂がした。

閻魔大王は狂喜して帰って来た使者に早速その用い方を質問した。

「骨に直接すりこめばよいとのことでした。刷毛《はけ》を使わずに掌に力を入れてすりこむようにと云っていました」

すぐ崔敏殻の全身に塗ることになったが、最近死んだばかりで掌の肉がまだどうもなっていない亡者が呼び出されてその役目を云いつけられた。それは進士の試験に落ちて悲観した揚句に自殺した若者であったが、骸骨の崔敏殻を少しも気味悪く思わなかったかわりに、ごく気のない様子で壺の中の液体を片手で掬《すく》いあげた。

鼻の上に最初の一塗りを受けた崔敏殻は、

「ヒャアッ」

と叫んで飛び上った。

「どうしたのだ崔敏殻、お前の望み通り人界へ生き返れるというのにお前にも似合わない怖ろしげな声をあげるではないか」

閻魔大王が訊くと崔敏殻は全身の骨をガクガクと打ち鳴らしながら、

「な、な、なめくじに似ているッ」

と震えながら云ったものだ。

崔敏殻が妥協となめくじが大嫌いだと云ったことがあったのを思い出した閻魔大王は久しぶりでニヤリと笑って、役人たちに崔敏殻の体を取り押えさせると、先刻の若者に向かい、

「お前はどうやらやる気も力もなさそうだから、儂が薬をすりこんでやろう。掌に力を入れてすりこまなければ効きめがないようだからな」

と云いながら両手を瑠璃の壺に突っ込んでいた。

なるほど薬のぬるぬるしているところはなめくじのぬるぬるにそっくりだった。

「いいか崔敏殻、お前が儂の仕事を手伝った礼に閻魔大王さまが御自ら起死回生の妙薬をお前の骨にすりこんでやるのだぞ」

閻魔大王がこれだけ大声を出したのは実に久しぶりのことであった。彼が両手にどっぷりと

ぬるぬるを掬い上げて崔敏殻の体にぬりつけると、

「うッ、いやだッ、助けてくれッ。うッ、やめてくれッ。うッ、うッ」

と崔敏殻は苦しそうに唸《うな》り続けた。どんな人間でも泣きどころはあるというものである。閻魔大王はいかにも快げに大声をあげて笑いながら、崔敏殻の骨という骨にあますところなく薬をぬりつけ、すりつけ、こすりこんだ。その度に崔敏殻は呻《うめ》き声をあげ、放せ、やめてくれろと哀願したが、それは閻魔大王に快哉《かいさい》を叫ばせる以外の役には立たなかった。まったくこの十八年間の想いが一時に晴れるようで、閻魔大王にとっては十八年ぶりに冥土が自分の手に戻って来るような幸福な一日であった。

一日がかりで作業が終ると、骨の髄になめくじが浸み通ったらしく、崔敏殻はもう口をきく力もなくぐったりとしてしまった。閻魔大王の方も腹の底から笑ったあとは虚脱状態でしばらく仕事もする気にはなれなかった。彼は自分のくぼんだ眼と痩せこけた頬をあらためて浄玻璃《じょうはり》の鏡にうつしてみて、自分が完全に衰弱し健康を失っているのに気がついた。事実、彼は崔敏殻が人界に生き返ったあと間もなく寝込んでしまって十五年間も起上れなかったのである。事務はいやが上にも停滞し、彼は遂に天帝から譴責《けんせき》処分を受けるに到った。

それは措《お》くとして、起死回生の薬をつけた崔敏殻は三日たつと肉芽が生れて、みる間に全身が死ぬ前の健康で若々しい男の肉体に返っていった。蹠《あしのうら》だけがどうしたことか肉がつかず骨が剝き出しになっていたが閻魔大王が塗り忘れたのかどうか。しかしもはや彼の心は人界にさまよい出ていて、この点で得意の抗議を云い立てる余裕を失っていた。

その頃、博陵にある崔家の者たちは妻も父親も母親も毎夜のように敏殻が生き返ったという同じ夢を見ていた。あんまり頻繁に死者が夢に現われ出るものだから、十八年前に埋めた墓所に出かけてみると辺り一面乾いて白くなっている土が崔敏殻の墓のところだけ湿っていて酢と大蒜を混ぜたような妙な匂がするのである。そこで思いきって墓を掘り棺桶《かんおけ》を開けてみると、なるほど十八年前に死んだ筈の者が腐りもせずに幽《かす》かに呼吸しながら横たわっている。

「小敏《シャオビン》、小敏、生きているんだね」

母親が崔敏殻の子供のころの名を呼んで抱きつくと、

「あなた、やっぱり死んではいなかったんですね。生き返ったのですね」

と妻は驚喜して早くも涙を流していた。

崔敏殻は薄目を開けて肯き、心では十八年ぶりの肉親との邂逅《かいこう》に充分感動していたが、体の精気はまだ全く恢復《かいふく》しているとはいえなかった。冥土では体の何処よりも勢よく生き残ってい た舌が、使い過ぎて疲れ果てたせいでか娑婆《しゃば》では他のどの部分よりも遅く生き返ることになった。彼が全くもとの体になるまでには墓を出てから二十一日間の養生期間を要した。

蹠の肉だけはどう手当をしても恢復しなかったので、彼が寝床から起上って歩き出すと、コツコツと剝き出しの踵《かかと》の骨が床に当って鳴った。彼は構わず音をたてて歩き廻りながら改めて彼自身の生家を見廻してみた。壁についたシミも厨房《ちゅうぼう》から香り立つ匂も十八年昔と少しも変らない。

　しかし家の中に変化が全く無かったというわけではなかった。両親がひどく年老いていた。早婚の彼らは崔敏殻が死んだときようやく中年になっていたが、子供を失った悲しみは十八年の歳月を倍にも三倍にもしていたのであろう。崔敏殻は十八年前と同じ年齢に戻って生き返ったので、彼は一層親たちとの年の開きを感じなければならなかったのである。

　崔敏殻の妻は崔敏殻が死ぬまでは三歳年下であったのだが、崔敏殻が生き返ってみると彼より十五歳も年上になってしまっていた。前には嫁に買われて来たばかりで、器量は決していい方ではないが初々しく腕も腰も細い可憐《かれん》な少女であったのに、十八年ぶりで再会した妻は脂肪肥《ぶと》りして骨組までがっしりした大年増であった。流石の崔敏殻もこれにはうろたえたが、妻の方では死んだ夫の思い出が十八年で老いることはなかったので、年若い彼に充分満足し寡婦として慎しく舅姑に仕えて来たことに報いられたと云って喜んでいる。彼はそういう妻を優しく抱きしめるべきであった。そして強烈に抱き返されながら、崔敏殻は正義を貫き通しても不都合なことは起るものだということを骨身に沁《し》みて感じたのであった。

　十八年前に死んだ崔敏殻が生き返ったという噂は間もなく辺り近隣に誰知らぬ者もないほど広まっていた。例の隣家の韋定は早速たずねて来て崔敏殻に会い、いびつな頭を至極もっともらしく振ってから、

「ごらんなさい。私がかねがね云っていた通りでしょう。奇跡というのは有るものなんです

よ」

と云って左右を省みた。

崔敏殻の話は博陵ばかりでなく、河北省一帯からひいては広い中国全体にひろまり、彼は貧農の出でありながら官吏となって地方の長官にまで出世することができた。着任後、妖怪や幽霊を怖れなかったことでは有名で、唐の戴孚《たいふ》は「広異記」に、また宋の李昉《りほう》は「太平広記」の中に彼の言行を記している。

それによると――。

崔敏殻が徐州の長官に就任した頃、その役所の中央の間は昔、項羽がいた館だったとかで前任者は誰も近寄らないことになっていたのだが、それをきいた崔敏殻はすぐに命令を下して部屋を掃除させ、そこで仕事を始めることにした。

数日たつと、突然虚空から、

「俺は西楚の覇王、項羽だぞ。俺の棲家《すみか》を横どりしているのは誰だ」

と大声で怒鳴る者がある。表には雷雨しきりで、家は項羽の声でがたがたと音をたてて揺れ動いた。

崔敏殻は負けずに怒鳴り返した。

「何を云うのだ、項羽。生きている頃には漢の高祖を相手にしながら天下もとれず、死んでからはこの崔敏殻を相手にアバラ屋一軒を取り合おうというのか」

崔敏殻と聞いて項羽はギクリとしたらしい。家が急に揺れなくなった。

崔敏殻は更に怒鳴り続けた。

「烏江《うこう》でくたばった後の貴様の醜態はなんだ。ガン首をあちこちでさらし物にされていながら、西楚の覇王が聞いて呆れるわい。お前に魂が残っていたところで、冥府では声もなく骨の艶さえ失せているのに何が怖ろしいものか」

項羽は応えなかった。閻魔大王さえ降参させてしまった崔敏殻なのだ。その相手になっていたら大変だと思って三十六計を案じたのだろう。

虚空はたちまち静かになり、以後、例の部屋には何事も起らなくなった。

また、その後崔敏殻が華山の麓の華州の長官になったとき、ある男が宵のうちに華山の祠《ほこら》のそばを通りかかると、祠の中がざわめいている。覗いてみると庭に炬松《たいまつ》が明々と点《とも》って数百人の兵士が列を作り、まるで命令を受けるときのように地に掌をついていた。やがて何処からともなく、

「三郎さまの嫁とりじゃ」

という声が聞えてきた。

覗いていた男は、これを聞くと顔色を変えた。それはこの辺りを治めている華山の神が息子の三郎に毎年一回嫁を迎える行事があるのを告げているのに違いなかったからである。その日は必ず嵐を呼び、しばらく大雨が続いて田畑は荒され、洪水に家も人も家畜も流される習慣で

あった。

出発の号令の下に、庭の兵士たちは槍《やり》をかざして立上った。

するとまた何処からか、

「崔敏殻さまがこの州に見えられているから、みだりに雨風を起すでないぞ」

と喚く声が聞えた。

兵士たちは一斉に膝をついて、

「かしこまってございます」

と応えてから、端からすいすいと音もなく消えて行ってしまった。

この話の通り、崔敏殻が華州にいる間は一度も災害は起らなかった。

しかし彼が何時《いつ》何処で死んだかということになると「広異記」にも「太平広記」にも何も誌されていない。地方の長官から、それ以上に出世したとも、彼の子孫についても何一つ聞くことがない。

しかし崔敏殻の死については、閻魔大王が間もなく再び彼を引取ることは考えられないから、おそらく彼は長命であったに違いないし、彼を出迎えた冥府の役人が至極慎重に彼を運んだろうことは想像にかたくない。革命好きの彼が、それから再び冥府の改革に没頭したかどうかは残念ながら何にも記されていないので、分らない。


（「小説新潮」一九六三年一月）

秋《しゅう》扇《せん》抄《しょう》

電話というものは機械なのだから、ベルの鳴り方は何時《いつ》でも一定している筈《はず》だけれども、それでも時によって苛立《いらだ》たしく、あるいは怒り猛《たけ》っているように聞こえることがある。しめっぽい鳴り方だってするときがある。だが、その日の電話は、馬鹿に景気よく鳴り響いた。奥にいた三松の主人が思わず腰を浮かしたくらいである。

「ハイッ、三松でございます。毎度ありがとうございますッ」

店先で半衿《はんえり》の数を勘定していた小僧が、勢よく受話器をとって一息に挨拶をしているのも、気のせいか常より調子がよかった。

「はい、はい居《お》ります。少々お待ち下さい」

もうすぐ目の前に来た主人に、小僧はちょっとあいまいな表情で、しかし口先は同じ調子を続けて云《い》った。

「菊津川のお姐《ねえ》さんです」

肯《うなず》いて三松は受話器を受取る。

「モシモシ、三松でございます。御無沙汰いたしております」

「三松さん？　御無沙汰はこちらの方だわよ。元気？」

「はい、おかげさまで」

「あのね、頼みたいことがあるんだけど、今日中に来てくれない？」

「畏《かしこま》りました。午後三時ぐらいでよろしいですか」

「そうねえ、早く来てほしいなあ。悪い話じゃないのよ。長く迷惑かけてたからさ、早く話したいのよ」

「さいですか、それでは大至急で」

「うん、待ってるわ」

受話器を置いてから、三松は首を捻《ひね》った。これは確かに様子が違う。いったい何が起ったのか見当はつかないけれども、まず出来るだけ早く出かけてみるのが上策だろう。

「伊藤に云ってくれ、出かけるよ」

「菊津川さんですか」

「ああ、そうだ」

「品は、どうしましょう？」

「そうだな」

品とは三松の商品である反物のことである。暦《こよみ》の上では秋が立っていたが、今年は残暑が酷《ひど》くて、東京の街中は夜でも涼風が流れない。店の中には夏物がまだ展《ひろ》げてあった。といっても呉服は年々夏の売行きを落している。それでも売れないからといって仕入れないわけにはいかない辛い商売であった。青物のように目に見えた腐り方はしないけれども、高級呉服を扱っている三松では、絹は生きものだという心得がある。季節を過ぎた反物は、もう枯れた三ツ葉と同様に値打を落すのだ。来年また店頭に顔を出させるわけにはいかない。

三松は、やや憮然《ぶぜん》として売れ残った夏物を見渡していた。例年通り金繰りの苦労に追われた夏であった。夏がくれば商売の方は冬物の発注と前払いにとられて、これは夏物とは桁違いに金のかかる準備である。それが売れない時期の算段なのだ。買うだけ買って払いの悪い客が心底から恨めしく思われる季節なのであった。

その金払いの悪い客の一人が、誰あろう、たった今の電話の主、菊津川の菊弥《きくや》なのである。その土地では三羽鴉の売れっ妓《こ》だった時代がかなり長く続いた芸者で、今だって容色少しも衰えを見せていない中堅クラスなのだが、このところ日本全国を掩《おお》っている不況で、旦那が不景気になってしまったのだ。菊弥姐さんとなれば売り込んだ名前と実績があるから、俄《にわ》かに旦那同様にしみったれて実を尽すわけにもいかない。そこが花柳界の非情さなのだが、といって牛を馬に乗りかえる女ではないから、その皺寄《しわよ》せがみんな三松に集ってしまった。つまり景気のいいとき同様にいい着物はどんどん作って着て、勘定の方は払わないのである。

菊弥と三松のつきあいは、彼女が雛妓《おしやく》で出た十六年前からだから、もう随分古い。終戦後の闇成金たちの宴会で息をついていた花柳界で、津川家は菊弥のぽん太には本格的な芸者を育てる意気込みでかかったので、最初から贅沢《ぜいたく》という産湯をつかわせられた菊弥は、だから、三松にとっては長い上顧客であった。お披露目《ひろめ》の衣裳《いしょう》は、雛妓のときも一本になったときも、とびきりの注文が出て、三松は随分儲けさせてもらっている。この一年ばかり急に払いが悪くなったからといって、三松が渋い顔を見せることは出来ない義理あいがあった。

「そうだな、夏物を四、五反混ぜて、秋の上物を、ああ、その位でいい。それを持っていこう」

「この包みは帯が入ってませんよ、旦那」

「いいよ、それで」

襤褸《ぼろ》を着て錦《にしき》を巻け、という言葉がある。本当の贅沢は着物より帯にあって、着物はどんなに高価でも一枚が百万円を越えることはないのだが、帯となればこれはいくらでも金をかければ値段は天井知らずなのだ。本金を使って凝《こ》った丸帯を手織りに仕上げれば、百万円ぐらいすぐ飛んでしまう。

芸者に限らず女が手許不如意《てもとふにょい》になり始めると、帯の買い方を控えだすので、呉服屋にはすぐ分るのであった。最前の菊弥の電話の様子では、かなりまとまった金が入ったのかもしれないし、旦那が盛り返してきたのかもしれないのだが、昔の山師や相場師を旦那にしているのとは違って、一朝一夕で金に糸目をつけなくなるわけはないのだから、帯まで運んで無駄手間をすることはなかった。第一、横目でちらちらと帯の巻いたのを見ながら、それを見せてと云えない芸者の前で坐っているのは呉服屋も人情として辛い。

運転手に荷を積込ませると、三松の主人は一人だけ座席に腰をおろして、

「菊津川さんへやっておくれ」

と云った。いつもならば顧客の家に出向くときは必ず小僧を見習いのために供に連れるのだが、菊弥の口調から内々の話、金の話が出ることは分っていたから、そういうときには不馴れな者が傍《そば》にいてはまずい。小僧という云い方は今はできなくて、時間制で万事がサラリーマン化してきている呉服屋勤めだが、この商売はどうしてもこういう顧客との私的な付合いが多いのだから、なかなか難しい。三松も今は人使いの面倒が重なっている。

車は三十分足らずで、菊津川に入る小路の入口で止まった。このあたりは置屋と料亭が目白押しになっている昔ながらの花柳界である。というよりも、戦後一番早く立ち直ったところで、だから、今のように旧に復してみると、菊津川の佇《たたずま》いは古ぼけて、木材も少々落ちて見える。早く栄えるのも、こうして見ると決して得なことではないなと三松は感慨深い。菊弥の一本になったときの衣裳一式を調達したのは、つい昨日のことのように思えるのだが、そのときの光り輝くような仇姿《あだすがた》から誰が呉服屋の勘定にも手詰りになる先のことを想像しただろう。

「ご免下さい、三松でございます」

地所一杯に建てた家は何もかも小ぶりに出来ていて、門と玄関の戸の間が一尺と離れていな

い。芸者屋といっても、旦那大事の菊弥で、置屋らしく若い妓を置くようになったのはつい最近のことで、その若い妓たちは間なしにアパートへ移ってしまい、看板料しか納めなくなっている。当節は昔のように借金では縛《しば》れないし、売春防止法に触れるから芸者の恋愛には主人側は見て見ぬふりどころか一切関係できないのである。それどころか、旦那のつかない妓には昔風に旦那の世話を見るのが置屋の姐さんの義務であって、旦那がついてからは口出ししないのが現代式で、若い妓には万事が都合よく、置屋側には万事が損ばかりの方式に、人のいい菊弥はどうしようもなく振廻《ふりまわ》されているのであった。だから、家の中には三松が声をかけても、一向に芸者屋らしい華やかな空気がない。

「三松っつぁん、なの。早く来てくれたのね、上って頂だいよ」

奥から、といっても玄関脇の居間から、しかし菊弥の弾んだ声がした。女中は買物にでも出ているのか、家の中は彼女一人なのだろう。

「へえ、今日《こんち》はごきげんよろしゅうございます」

「しばらく。まあねえ、長いこと本当にすみませんでした」

売れっ妓時代の、旦那の景気も滅法よかった頃と違って、菊弥も多少の苦労のあとで頭が低くなっている。会うと早々に詫《わ》びるのに、三松は恐縮した。金のある頃なら多少勘定を溜《た》めたところでこんな挨拶はしないものだからだ。

菊弥は湯上りらしく、鏡台の前で化粧をしているところだった。長いつき合いだし、呉服屋というものは女の目からはノーセックスの相手だから、別に双肌脱《もろはだぬ》ぎの躰を恥しがりもしなければ、こんな格好でご免なさいとも云わない。女湯の中で顔見知りに出会ったような気易さで、平然と下塗りの手を動かしながら世間話ができる。

これは確かに様子が違う、と三松は鏡の中の菊弥を眺めながら考えた。旦那が盛返してくると、女というものはこんなに生返ってしまうものだろうか。湯上りの所為もあろうけれども、菊弥の肌は香り高く匂い立つようであった。たしか齢《とし》は三十になったばかりの筈であったが、うっすらと脂のついた白い肌がほんのりと全体に紅を刷《は》いたようになまめかしく、肌艶もよくて極上の日本酒を含んで酔いが全身にまわり始めたときのようであった。しばらく見ないうちに、女盛りの花が開いたように、どこか豪奢《ごうしゃ》な稔《みの》りを見せて、二の腕のむっちりした肉づきは三松のようにそういう女ばかり商売柄で見馴れた男の目をも惹きつけて放さないような見事さがある。もともと色白の餅肌だったのだが、それが二十代にはなかった迫力を見せて、これでは旦那の方も金が出来たら一番に飛んで来もする筈だと肯けた。それにしても、ついこの間までのどこか寒々しく、それでいてそれを人に気付かれまいとする肩肘はって頑張っていた頃の菊弥とは、まるで人が違ったように見えるのだから、女には、芸者には、金肥をかけなければ駄目だというのは、まったくその通りだと感心するよりほかなかった。それにしても、金肥の速効性には驚いてしまう。

菊弥はまだ一言も金が入ったとか、払いを一時に済ますなどとは云っていないのだが、三松はもうすっかりその点では安心して、この分なら帯を揃えて来た方がよかったのではなかったかなどと小さい後悔をしていた。

菊弥の化粧の仕方は、それは丹念なものであった。厚化粧なのだが、芸者も昔風の白塗りはしない時代だし、現代風は取入れてもバタ臭くなるのは警戒するから、双方の兼合いが難しい。金盥《かなだらい》の中に水を張って、海綿を浸しては軽くしぼり、片手に持った固形白粉《おしろい》をこすってから顔にすりつける。いわゆるパンケーキという最新の化粧法なのだが、選んだ白粉の色は流行よりずっと白いめで、そこが古典的であった。幾度となくこすりつけて全体を白くぼんやり塗りつぶした上から、日本式の紅を瞼《まぶた》と高頬《たかほお》に刷き、更にその上から今度は濃いめの白粉を二度塗りして、薄紙で水気を押えてから、菊弥はようやく三松に話しかけてきた。

「三松っつぁんは村井《むらい》紅雪《こうせつ》先生を知ってる？」

「日本画の大家でしょう？　有名な方ですもの」

「紅雪先生の展覧会がね、高島屋でやってるのよ」

「ははあ」

「一緒に行かない、これから」

「え、展覧会にですか」

「そうよ」

菊弥は、得意然《とくいぜん》として、驚いている三松に鏡の中で艶然《えんぜん》と笑って見せ、それから濡れガーゼで眉と睫毛《まつげ》と唇を拭い始めた。云いたくて云いたくてたまらないものを、出来るだけ出し惜しみして三松を焦らすのが今は無上の娯《たの》しみで、それには化粧をするのが何より格好の時間つぶしだった。物問いたげな三松の様子を、ちらりと見やりながら、菊弥は眉に墨を入れ、睫毛を機械《じ》ではね上げて、しかし流行のアイラインは入れず、それから口紅を赤く濃く唇にひいた。俄かに菊弥の顔が華やかな闘志を帯びてきた。

「分らない？」

「へえ。それが私への御用ですか」

「そうよ。分らないの？」

「なんでしょうね」

「鈍感ねェ。しっかりしてよォ。村井紅雪っていえば、すぐにハタと膝を叩いてほしいところだわ」

「着物の下絵ですか」

人形のように整った美貌が、大きく口を開くと、けたたましく笑い出した。

「そう云うだろうと思ったわ。そりゃ、紅雪先生の描いた着物だって私は着てみたいと思うわよ。だけどね、この話は、もっともっと凄《すご》いのよ」

「なんなんですよ、お姐さん。もういい加減で、焦らさないで教えて下さい。着物でなくて展覧会ってこと、はてネ」

「きまってるじゃないよ、絵だわよ」

「え？」

「そうよ、絵を描いてもらうのよ」

「はあ。するてェと、それが展覧会に出てるってわけですか」

「じれったいわねえ。まだ描いてないものが展覧会に出ているわけがないでしょォ」

菊弥が、くるりと鏡に背を向けて、化粧で仕上げた華麗な顔を三松に見せた。目がこの上なく楽しそうに、喜びに溢《あふ》れている。三松の戸惑《とまど》っている表情が、彼女の内にある喜悦の焔《ほのお》に更に油を注ぐのであるらしかった。

「まだ分らない？」

「へえ」

「しばらく会わないうちに、三松のカンは鈍ったんじゃない？　この注文は、よそへ廻そうかしらん。心配になってきたわ」

「そんな、いじめるのはもう勘弁して下さいよ、お姐さん。あ、分りました。その御注文というのは、紅雪先生の絵を着物に染めるってェ趣向でしょう？　そうでしょう？」

「また外れたわ」

「なんですか、それじゃ」

「教えてあげるわね。聞いて驚かないで頂だいよ。旦那がね……」

云いさして、菊弥は笑いながらまだ惜しんでいる。新しい幸福を胸の中で珠を温めるようにひとりで転がしているのであった。

「旦那が長く不自由させたからって、それで愚痴も云わなかった御褒美にって、紅雪先生に絵を描かせてくれるのよ。私の絵を、よ」

「そりゃあ姐さん、凄いですね」

「だから、そう云ったでしょ」

「そいつは大したもんですねえ。へえぇ、そうですかァ、村井紅雪に、お姐さんを、なるほどねェ」

三松が感服しているのを見届けると、菊弥は満足の極みという背き方をしてから、もう一度、鏡の方に向き直った。

「それでね、三松っつぁんに思いきり腕をふるって、飛切りいい着物を作ってもらおうと思ったわけ」

「そりゃ有りがとうございます、毎度、どうも。しかし、こちらの旦那も情のある方ですねえ。大したもんですよ、御褒美ってったって、なかなか気の付くものじゃないですよ。お姐さんも旦那運がいいんですねえ」

「運もいいけどさ、そりゃ、私だって務めたんだもの、あの人には。津川家にいる頃も、あの人が不景気になったことがあって、私は津川家に内緒で達引《たつび》いたこともあんのよ。お稽古さぼって逢引《あいび》きしたこともあるし、欲得なしでやってきたもの」

「誰でも出来ることじゃないですよ、ねえ」

「本当よ、三松っつぁん。この一年だって、云うに云えない苦労はしてきたわ。私はね、旦那に指輪をまとめて使って下さいって差出したこともあるのよ」

「本当ですか」

「手形のやりくりの苦しいときで、旦那は涙を流して喜んだわ。ううん、ダイヤ一つ持ってったただけだけどさ」

「美談ですね」

「芸者が金だけ目当てでついてるもんだって思われちゃ菊弥の名がすたりますからね」

「当節の考え方じゃありませんよ、それは。やっぱり大したもんですねえ」

「本当よ、三松っつぁん。この頃の芸者に聞かせてやりたいのよ。恩も情も、なんのわきまえもないいんだから、あの妓たちときた日には。旦那の金廻りが悪くなったら縁の切れ目と思ってるのよ」

「この節は、どこでもそんな工合ですよ」

「でもね、三松っつぁん。そういう人たちには村井紅雪に絵を描かせてやろうって旦那は出て来ないわ」

「その通りですよ、お姐さん」

「私はそう思ってるの。絵が出来たら床の間に飾って、この花柳界《しま》の若い妓たちに柏手打って拝ましてやろうと思うのよ。そうすりゃどんなに溜飲《りゅういん》が下がるかしれないわ」

菊弥は昂然《こうぜん》として、胸を張った。

女中が帰ってきたので、菊弥はすぐに着替え始めた。そのまま三松の目の前で、である。呉服屋というのは水商売の裏側のつきあいだから、三松は丁稚《でっち》の修業時代からそういう光景には馴れっこで、別に変な刺戟《しげき》を受けることもない。それにしても巻き返しにかかった芸者というものは、躰《からだ》全体にこうも闘志が漲《みなぎ》るものかと思うほど、菊弥の着替え方は猛々《たけだけ》しかった。菊弥の旦那の不景気は昨日今日のものではなくて、勘定こそ一年しか溜っていないというものの、手詰りになり始めてからはもう何年になるのだろう。年に一度の土地の踊りの会にも菊弥になんのかのと理由をつけて出演させなくなってから三年になる。菊弥が出るとなれば端役ではないから、衣裳だけでなく師匠たちへの謝礼や当日の配りもので大変な経費なのである。津川家の抱えという身分だったら否も応もなく旦那がとり代っているところなのだが、一本になっているだけに菊弥の情一途に旦那大事を第一義にしてきたのであった。

そんなことで、長襦袢《ながじゅばん》も染め直しだし、腰紐《こしひも》や伊達《だて》締めまで素人女のように古くなったものを使っている。芸者の身でそういう倹約をするのは、どんなに惨めな気分のものかしれないのに、菊弥が女中に指図して簞笥《たんす》から出させた単衣《ひとえぎぬ》は、数年前に三松の納めた平絽《ひらろ》の仕立直しであった。帯は真新しいが、どこのデパートで買ったのか、安っぽい機械織りの絽綴《ろつづれ》で、どう形よく締め上げても後姿の表情が平たかった。三松は見て見ぬふりをしているのだが、菊弥は気がさすのか何度も前帯を鏡の前で叩いていて、

「やだわ、これ、やっぱり。あっちの水衣《みずごろも》を出してよ、うん、鶯《うぐいす》色の」

と云いながら、帯〆《おびじめ》、帯揚をほどいてしまった。

「見てよ、三松っつぁん。懐しいでしょ」

それは京都でもう三人しか残っていない織り手に、三松が別染した糸を特に指定して織らせたもので、糸目の揺れたように見えるところから水衣と名付けられた夏帯だった。もう十年くらい昔になる。

「覚えてる？　清元のお師匠さんの三年忌で、みんなでお揃いにこしらえたのよね」

もうそんな古い帯は土地では誰も人前に締めて出る者は居ない頃になって、物持ちのいい菊弥は引張り出して使っている。しかし、いいものはやはりいい。つい前に締めた紹綴は品物の段が違うから、締めて形をつけたところは惚れ惚れとするような姿のよさだった。

「ここんとこ三松っつぁんには不義理して、安物を少し買ってみたんだけど、やっぱり駄目ねえ」

「お姐さん、水臭い遠慮はしないで下さいよ。いつでも電話して下されば、お届けしますから。いいえネ、私は押しつけがましい商いは嫌いなんで、お呼びがなければ伺わない主義なんです」

「それは分ってるんだけどサ、あんまり溜ってしまうと、やっぱり工合が悪いじゃないの」

「いいえ、人間誰にだって波ってものがあるのは心得ていますから、私は」

「本当に有りがとう。でも、もう大丈夫なのよ。ついては旦那の台詞《せりふ》じゃないけど、私も三松っつぁんに御褒美出すつもりでね、いい着物を作って貰うわ」

「へえ」

「あのね、紅雪先生のモデルになるの、やっぱり芸者姿がいいと思うのよ」

「さいですねェ、菊弥姐さんは姿がいいからねえ。お世辞じゃなく着物も帯も着てもらって冥利につきる躰つきですから」

「旦那も、日本髪の方がいいって云うしするから、長襦袢から一式ばりっと揃えて紅雪先生がウムと唸《うな》るようなのをこしらえてもらいたいのよ」

「出《で》の衣裳ですか」

「それなのよ。もちろん裾《すそ》を曳《ひ》いて着たいんだけど、出だと地色が黒でしょう？　紅雪先生の感じじゃないような気がするの」

「舞台衣裳でもいいですよね」

「そう。あまり仰々しいのも、なんだけど。小唄振りなんかに似合うのでもいいし、ともかく気の利いたのにしたいのよ」

「紅雪先生に直接お好みを伺ってみちゃァどうでしょう」

「それじゃあ、いかにも菊弥に知恵がないみたいじゃないの。だから三松っつぁんに張り切ってもらいたいのよ」

「こういうとき張り切らなくって、呉服屋の張り切るときはありゃしませんよ、エエ。お姐さん、精一杯やらせて頂きますとも」

「そこでね、恰度《ちょうど》先生の展覧会があるっていうのを聞いたから、三松っつぁんと道行きしてアイデアを練ろうって算段なの」

「読みが遅くって申訳ありません、お供させて頂きます」

「ちょっとォ、ハイヤー呼んでェ」

女中を呼ぶのを止めて、三松は自分の車があると云った。

「いやよ、呉服屋の車でデパートへ行くのは」

倹約一途に来たと自慢していた菊弥が、眉をひそめて三松の好意を拒んだ。芸者の経済観念ほど筋の通らないものはない。ハイヤーを待つ間に菊弥は三松の荷に目を止めて、実に無造作に秋の不断着を二反選び上げた。近頃の流行に、大島紬《つむぎ》の白地に更紗《さらさ》模様を染めたもの、しぼの高い縮緬《ちりめん》に細かい柄と大柄の小紋を二種類組合わせたものがあるのだが、菊弥は前から欲しい欲しいと思いをこらしていたものだろうか、その二つをすぐ見付け出して、

「これ、すぐ仕立ててきて」

と云うと、表の気配にすぐ玄関へ出て草履をはいた。

「ああ、そうだ。私、長襦袢もほしいのよ」

「明日でも、また伺いましょう」

「そうしてね。今ぐらいの時間がいいわ。あ、そのとき腰紐と伊達締め作って来てほしいわ」

「はい。いつものでよろしいですか」

「うん、少し派手なのがいいわ」

「ぐっと色っぽいのをお揃えしましょう」

車の中で、菊弥は仇っぽく三松を睨《にら》むと、喉奥で笑った。旦那と逢う機会が多くなっているのに違いなかった。着物を脱ぎ落したときに目のさめるような鮮やかな色合の長襦袢地を、三松はあれかこれかと宙で選んでいた。他の男の慰《なぐさ》みものを、飾り立てるのが三松の生業《なりわい》であった。どの女を見ても、彼の心に浮ぶのは何を着せれば相応《ふさわ》しいかという呉服屋のカンだけなのだ。美しく、和服の似合う女でなければ彼の目には女として映らなかった。そして着物に執念を燃やしている女ほど彼の嗜好《しこう》に適《あ》うものはなかった。その着物は必ず贅沢なものでなければならなかった。

デパートの画廊は閑散としていた。人いきれのきつい近頃のデパートで、まるでそこだけが冷房がきいているように静まり返っていた。村井紅雪の個展は、おそらく画商の方の強《た》っての要請で開かれたものらしく、新作は小品ばかりで、美人画家として著名な紅雪には珍しい静物の絵などが多く並んでいた。色紙に一筆描きのような簡単なものや、扇面に茶掛けのように渋く花の絵を描いたものなどで、院展で毎年大作を見ている三松は拍子抜けがした。

「あまり参考にはならないわねえ」

菊弥もがっかりしている。

「お年ですからねえ、近頃はこういうものが多いのかもしれませんよ」

菊弥をモデルにするのが小品であろう筈はないが、しかしそれが本当なら画伯もよほどの意気込みなのだろうし、描かせる旦那の実力も大変なものだと云わなければならない。そう云うと、菊弥は得意になって形のいい鼻をうごめかしながら、

「それがねえ、紅雪先生の方から描いてみたいと仰言《おつしや》ったらしいのよ。あんな芸者らしさを持った女はだんだん少くなりますねって、分るでしょ？　旦那は大層もなく御機嫌になっちゃったの」

と、のろけも混えて説明するのである。

「すると、やっぱり出の衣裳にしますか」

「そうね」

「投扇興《とうせんきよう》を扱った絵がありましたねえ。戦前の代表作ですか」

「ああ、人妻と若い娘と二人で扇を構えてるのね、知ってるわ。でも、あのモデルは素人さんよ」

「品がよくなきゃいけないから、小唄ぶりの衣裳じゃ紅雪風じゃないですよ」

「それもそうね」

「品がよくって芸者らしい、となればやっぱり黒ですねえ」

「そうなるかしら、やっぱり」

「お姐さん、ここは出の衣裳でいきましょうよ。総繍《そうぬい》の江戸褄《えどづま》に帯は金綴《きんつづれ》で……」

「間に合う？　急ぐのよ。来月からかかりたいって仰言ってるの。ひょっとすると秋の院展にと思ってらっしゃるのかもしれないでしょ」

「いいです。院展となりゃあ、こっちだって命がけで仕上げますよ。まかしといて下さい」

「頼むわね。お金に糸目はつけないわよ」

帰りの車の中で、菊弥は嬉しくてたまらないという口吻《くちぶり》で、旦那の会社がある部品をアメリカの会社と提携したのが当って、ようやく息を吹返したのだと説明した。芸者というものは概して旦那ののろけを云っても、決して旦那の氏素姓については語らぬものだし、まして旦那の会社がどうこうなどと細かいことまで呉服屋風情に喋るものではないのだが、菊津川の内情を見抜かれてしまっていると思えばいっそ気楽な身内同然に思ったものか、あるいは心底から旦那の再興が嬉しくて芸者の身分もわきまえられなくなっているのか、菊弥の興奮は家に帰り着いても納まらずに、旦那との馴れ初めから始めて、今日までの長く浅からぬ縁のほどを、まるで酔ったように菊弥は語り続けていた。そこには、切れるかと見えて切れなかった絆を、嬉しく誇らしく握りしめ、人にも誇示して見せたい喜びが溢れていて、三松も振り捨てて帰るわけにはいかないほど切なく愛《かな》しいものがあった。近く顔を見たことはないけれども、これほどの女にこれほど思われているのは、旦那もよほどの男冥利だと三松は感じ入った。それと同時に、デパートの展覧会でみると菊弥の古い着物や帯が、ひどく不似合だったのを胸がしめつけられるほど辛く思い出して、どうあっても腕によりをかけて、これ以上はないという豪華絢爛《けんらん》たるこの衣裳を調えてみせようと三松は闘志を湧き立たせた。

実際、村井紅雪が云ったように、菊弥の芸者姿には昭和初期の名妓たちを彷彿《ほうふつ》とさせるような古風な色気と気魄《きはく》がこもっていた。躰つきも面立ちもそうなのだが、何より菊弥の心情が、優しくて人が好《よ》くて、それでいて義理には片意地が強いのが、見る人が見れば伝わるのかもしれない。どういう席で菊弥の旦那と紅雪画伯が出会ったのか知らないが、自分の持物を褒められたときの旦那の得意や思うべし、である。彼をして更に菊弥の真価を認めさせるためにも、三松はこれからかかる仕事に情熱を覚えた。このところ夏枯れのせいもあるが、長くいい仕事から離れている。金に糸目をつけない、意匠は三松に任せるという好条件の他に、紅雪画伯を相手どっていると思えば三松の胸は高鳴るのであった。村井紅雪が、思わずウムと唸るような、贅を尽し、意を尽した衣裳で彼を圧倒してやりたいと、三松は密《ひそ》かに心を決めた。

多少の絵心こそあるけれども、呉服屋の三松が直接手を下して模様を描いたり染めたりするわけではない。総《すべ》ては職人の手を通って仕上るものには違いないが、呉服屋はしかし注文を受けたものを専門的に分析し、案を練り、その上でそれを最も適当と思われる技術者に托して行く。そこに呼吸があり、出来上るものの出来不出来は、まずそこで決まる。気品を重んじる村井紅雪の画風を思うと、菊弥の出の衣裳の柄は、花ならば菊でなければならないと思われた。芸者の源氏名に合わせたわけではない。そんな詰らない地口《じくち》ではなくて、菊の花の気品がこの場合は何よりふさわしいと思われたのである。

三松は家に帰ると自分の財産にも等しい各種の模様を蒐《あつ》めた書物を取り出して、あれこれと探しまわった。菊は、菊弥の豊かな躰にふさわしく大菊でなければならなかった。三松自身の好みでは狂菊《くるい》を使いたいところなのだが、紅雪の画風には適いそうにない。月並になるが厚物《あつもの》か太管《ふとくだ》を選ぶより仕方がないだろうか。厚物というのは、普通には大菊とだけ呼ばれるもので、数多くの平弁が乱れずに重なりあい、四方から抱えて組み、満開に達するとこんもりと盛上った球状になる、雄大な花である。気品も高く、しかし一寸《ちょっと》気高すぎて、芸者の柄としては不似合のきみもあった。よく菊の展覧会で一茎一花仕立てで出品されているが、孤高の精神ばかりがいやに強調されていて三松の好きな菊ではないのだが、紅雪画伯ならばこれを上手に図案化してみせれば幽《かす》かに皺を動かして満足の微笑を見せるのではないかと思われた。

園芸の専門書まで開いて、彼は菊というもののありとある種類に目を通した。寒菊も捨て難かった。紅系の色濃い、きちっと弁の詰った小輪である。辛抱強い菊弥の性格と通うものがあったが、染出して効果のある花ではなかったので惜しいが見送りにした。そうしているうちに若い頃の菊弥が魚小咲の小菊模様を好んで、そればかりはモダンがかった柄でも着たがったのが思い出された。雛妓の頃の身銭が切れない時分でも、津川家の姐さんにねだって魚小咲の振袖を注文したこともあった。長いつきあいなのだと今更のように思い、その菊弥が今ではどうしても大輪の菊でなければ似合わない齢になっていること、またそれだけの女の華やぎに達していることを、三松は感慨深く思っていた。

結局、園芸的な云い方をすれば、三松は厚物走り付、という種類を選んだ。呉服屋風に云うなら、「写生の乱菊をあまりさばけずに絵付けをする」ということになる。絵の乱菊は、園芸の大摑《おおつかみ》を図案化したものだが、外周りの管弁があまり大きく走るのも、内側の各弁が物を摑むような重なり方をしているのも、紅雪の好みにも、三松の好みにも合わない。厚物と乱菊の中間が、三松の狙いになった。

色は当然、白。しかしそれだけとはいかないから本金を使って黄菊を繡う。刺繡《ししゅう》糸をふんだんに使って花弁を管弁さながらに布から盛上げて豪華に仕上げるのだ。三松には次第に仕上りの衣裳が見えてくるようだった。黒は、青下の黒でなければいけない。漆黒《しっこく》の絹が幽かに青光りして、菊弥の脂が透くような薄い肌を凄艶《せいえん》なものに浮立たせ、裾に流れて純白と金の大輪の花々を浮上らせる——それには絹も光沢のある綸子《りんず》を選びたかった。

芸者の出の衣裳は縮緬というのが定式《じょうしき》なのだけれども、布そのものの気品は文句なしに綸子が上だ。江戸時代、綸子は庶民の使えないものの一つで、殿上人が専ら用いていた。しかし明治からは絹織物にも四民平等の時代が来ているのだった。芸者が綸子の衣裳を着て悪いという法はなく、それどころか裾を曳かないお座敷着では綸子が近頃は一番人気があった。出の衣裳にも当然使われて、三松も五つ六つの注文は受けたことがある。紅雪画伯がどう思うか、それを三松は懸念してしばらく思案したのだけれども、紋綸子の綾を一番細かい紗綾《さや》形《がた》にするか、いっそ緞子《どんす》を使ってしまうか、ともかく縮緬は使わない方針にした。

帯は、となると、これは思案の外であった。織り手が指先の爪を使って、日に一寸と織り進むことのできない綴の丸帯で、図案から始めていては仕上るまでに最低半年はかかってしまう。ただの一カ月ちょっとの時間では、これはとても間に合うものではなく、かといって、初めから手を抜いた注文を出したのでは、いいものが仕上る道理もなかった。

着物の方は東京に職人が揃っている。下絵は三松に出入りの中から一番年配だが色選びに云うに云えない品のある太田という老人をきめ、三松はずっしりと重い綸子を一疋《ひき》抱えて乗込むと、いきなり直談判でその日のうちから取りかかるようにと気合をかけた。

「そりゃ強引だねえ。いくら夏物だといったって、日限のきった注文が、これ、こんだけあるんですぜ」

「だけどこれは三松の都合じゃないんだ。村井紅雪の都合なんだから」

「え、村井紅雪？」

そこで三松は手短に菊弥が着て、村井画伯のモデルになるという経緯を話した。

「菊弥って、あの菊弥姐さんですかい？　踊りの……」

「そうだよ、ここんとこ出てないけどね」

「あっしは見てますよ、こうっと、あれは五年も前になりますかね。滅法姿のいい女だ。春千代姐さんと夕立を踊って、色っぽかったねえ」

「ああ御守殿の滝川か。藤色の着物で」

「さいですよ、帯の解ける、あれでさ。色っぽくって、しかも品のいい、若いのに大層しっかりした踊りでしたよ」

五年前ならば菊弥が二十五歳で、今の旦那と共に全盛を誇っていたときであった。その衣裳は三松が扱ったから、彼もよく覚えている。年とってから無理な仕事はしたくないのだと、最初は渋っていた老人だったのだが、菊弥の名前を聞いたとたんに機嫌を直した。それどころか三松以上に村井紅雪に対して闘志を燃やし始めたようである。

「表は菊一色《ひといろ》にして、袖垣《そでがき》なんざ、あしらわない方がようがしょう。そのかわり、曳きは石畳がいいね。洗《あら》い朱《しゅ》にしませんか。表が上品一途だから、曳きに芸者らしい色柄がほしいですよ。洗い朱という色ばかりは、絵にはない、着物だけの色ですからね。それを紅雪がどう描くか、見物《みもの》ですぜ」

早くも太田老人は村井画伯に挑戦する構えになった。

「立姿で、こう腰を捻って裾をさばいたところあたり描いてほしいですねえ。菊弥姐さんは胴が短いから、腰から下の線がきれいですよ。そうですか、モデルにねえ、なるほど」

これだけ気が乗ってくれれば三松も安心というものであった。その日のうちに、彼は新幹線に乗って、京都へ出かけた。翌日と翌々日、三松は文字通り足を棒にして京都中の帯の織元を見てまわった。今となっては既に織上げられたものの中から、あの着物にふさわしい帯を探し出すより仕方がないのである。それともう一つ、長襦袢もまた京都でなければならなかった。京紅《きょうべに》の鮮やかさは江戸の紫と同じように、他の土地では今以《いまもっ》て冴《さ》えた出来上りにはならないのである。

意気込んで来ただけに、なかなか意に充つものがなくて、折からの盆地特有の救われようもない暑さに、三松は幾度も汗を拭いながら吐息をついた。どういうわけで自分がこんなことに熱中しているのか訳が分らないと思うこともあった。菊弥が、長くうち凋《しお》れていた芸者が、久々で水を与えられて蘇生《そせい》するのをみて、つい自分まで嬉しくなってしまったのであろうか。それとも夏の商いの苦しさを忘れるほどの仕事にぶつかって、とりのぼせているのだろうか。松屋に丁稚奉公に入ってから今日まで、もう四十年この道一筋に励んできた三松の主人は、酷暑の中で茫然《ぼうぜん》と自分に問いかけてきた。心底好きな道なのであった。着物の意匠考案には、若い頃からその都度熱中してきた。しかし昨今は、芸者の注文に限って、こういう工合になる傾向がある。

堅い商いをする気なら、金廻りは大きくても花柳界からは手をひいた方が得だ、というのが近頃の呉服屋の合言葉であった。一時は大層な景気だった花柳界も近頃はさびれる一方である。社用族はこの世界にも跳梁《ちょうりょう》していて、宴会には事欠かないのだけれども、どう厚かましい男でも、会社の金で芸者の世話は出来ない。社長たちがどんどんサラリーマン化している財界の現状を見ただけでも、花柳界は、パトロン難だという事情は肯けるだろう。そんなわけで芸者たちの懐工合が、どうも昔のようにはいかないのである。つまり消費経済の基盤が危くなってきているわけだから。しかし、それにも拘《かか》わらず世間一般はどんどん贅沢になってきた反映で、世間一般より超弩級《どきゆう》の贅沢をするのが習いの芸者たちは、競っていい着物を着て極上の帯を締めたがる。こうした収入と支出のアンバランスは、一斉に呉服屋の上に災難となってふりかかるのであった。

やたらと注文して着抜いた揚句に、払えない、ない袖は振れない、とやられたのでは、一人の芸者に三百万、四百万円と倒されたのでは、そば屋などとは違って回転率の低い呉服屋はすぐさま立行かなくなってしまう。いくら古着屋という商いがあるからといって、高級呉服を扱う店では一度手を通した着物を取返したところで損の穴埋めにはならないのである。かといって芸者と旦那の間は呉服屋に瀬踏《せぶ》みの仕様はないものだし、貸金が一定限度まできたら支払いのすむまで後の注文はとらないという商法では、いい客を他の店に追いやる結果にもなりかねない。一口に云って、まったく難しい相手なのだ。だから、利口にするなら近寄らないに限るということにもなるのだろう。

かといって、堅い相手ばかりの商いには、呉服屋に商いの喜びを味わわせることは少なかった。やはり呉服屋も男なのだから、着せる相手は美しい方がいい。躰つきも洗練されていて、着物の方もさぞ満足だろうと思えるような、そういう相手というのは素人の世界にはめったといるものではないのだ。下絵を考えても、いくら高価にしてもいいと注文が出たところで、五十歳過ぎた社長夫人の、しまりのない大きな躰を包むのでは、作る方にも張合いというものは出て来ないのだ。

職人たちには自分の作品を注文主が着たところを見る機会などというものは殆《ほと》んどないのだが、呉服屋はその点、最初から最後を見届けるところまで、客とは一心同体であった。いや、いわば客と着物との媒体である。それだけに、ぴたりと二つが一つに溶けて、女が着物に満足し、着物も女に満足するとき、三松には無上の喜びがあるのである。

どんなに贅沢を好み、着物が好きな女であっても、素人にはその趣味にも躰にも限度があった。着物のヴァリエイションは、いわば無限であり、四十年のキャリアを持つ三松でさえ奥を極めたとはいえない。そこへいくと芸者には背後に江戸時代以来の伝統があり、着ることがそのまま生きることに繋《つな》がる気魄があり、そして彼女たちは多く美しい女たちであった。顔形だけでなく、芸事の稽古で鍛えられている躰も教養も、いわば着物を着るための訓練に他ならなかった。しかも日本舞踊の専門家たちと違うところは、彼女たちが着物を強引に自分の躰へ引寄せるのとは事変って、芸者は猫のように自分の躰を着物の方にすり寄せて来るのである。呉服屋にとって、これ以上の好ましい客がある筈はなかった。

こうして菊弥に着せる着物に打込んでいるというのも、着せるもの次第で菊弥がどんな変貌を遂げるかと、内心に強い期待があるからに他ならないのだ。それは、いわば自分の意のままに女を操ろうとする征服欲の現われでもあっただろう。菊弥には限らない。美しく、姿よく、柔軟な心と強靭《きょうじん》な芯《しん》を通した芸者でさえあれば、三松は老境に入った自分の躰から若者のように燃え立つものを覚えて、着物作りに打込むことができるのであった。商いの上で算盤《そろばん》に合わなくても、大きく外れる危険があっても、三松は芯からの呉服屋だから、芸者を敬遠するわけにはいかない。

ようやくの思いで、三松が見つけた帯は、白地に菊菱を織り出した綴の丸帯であった。本金を使って一面に模様を織出してあるのだが、それがまるで揉《も》み箔《はく》のように見え、新しい帯にある生々しさを揉み消してあるのがよかった。菊の着物に菊の帯ではつき過ぎるかと咄嗟に迷ったが、それならば長襦袢は菊弥が好んでいた魚咲菊を細かく絞り抜いて、一式で菊づくしを揃えてしまえばいい。金がふんだんに使ってあるから、手に持つとずっしりと手応えがある帯を、

「これ、頂いて行きますよ」

声をかけてからも愛しげに、三松はしばらく手首を揺すって重さを確かめていた。心に適う品を見出したときの喜びは、三松に充ち足りた想いを抱かせた。

顔馴染みの絞り屋へ顔を出したときの彼は、もうすっかり晴れ晴れとしていて、絞り屋の親方とやりとりする間も上機嫌だった。それから、すぐ染屋に飛込んで、

「芸者衆の襦袢だから、そのつもりで頼むよ。曳きが銹朱《さびしゅ》だから、負けないように鮮やかに赤

く、御自慢の京紅で仕上げてくれよ。なにしろ相手は村井紅雪だ。紅にかけてはうるさい筈だからね」

と、これも絞り屋からの段取りを強引につけてしまった。

「かなんな、三松さんは、急《せ》くときほど大威張りやがな」

ぼやきながらも職人の世界は、仕事好きの人間なら無理が通って、三松は上首尾で東京へ帰った。

その年、残暑は長く倦《あ》き倦きするほどだったが、三松は下絵描きから染屋、それから刺繍屋と、菊弥の着物を追いかけまわしていて、夢中でその季節をくぐり抜けた。

「お早うございます、三松でございます」

まだ日中は汗ばむが、朝夕がめっきり涼しくなった頃、三松の、喜びを圧《お》し殺したような妙にものものしい声が、菊津川の玄関で聞こえた。

「はい。あら」出てきた女中に、

「まだお寝《やす》みですか」

「いえ。今お風呂です」

「さいですか。なに、衣裳が上りましたので、一日も早くと思いまして伺いました。ちょっとお伝え下さい」

三松は、あくまでも慎重に云う。奥へ引込んだ女中が、今度は飛出すように出てきて、

「どうぞ上って待ってて下さい。お姐さんはすぐに上りますから」と、三松をいつもの居間に招じ入れた。

朝湯の好きな菊弥を知っていたが、それにしても早すぎる時間である。三松は仕立屋にも昼夜兼行で仕事をさせたから、届くとすぐに店から飛出してきたのだけれども、菊弥はまだ寝ているものと思って、待つ気で来ていた。何か朝のうちの用事でもあるのだろうか。この四、五日、菊弥が電話で矢の催促になっていたのを思い出す。湯に入っても、気もそぞろになって、菊弥の方も飛出してくるに違いなかった。しかし思ったより、たっぷり時間をとって菊弥は湯から上ってきた。

「三松さん、まあ、じらしてくれたわねえ」

口を開くと、すぐ恨みがましくいい、鏡に向って手早くブラシで髪をなでつけながら、目はもう三松の傍にある畳紙《たとう》へ吸いつけられていた。

それでも、化粧水で肌をひきしめるまではは っきり朝が来ないのか、指先でぴたぴたっと瞼から頬を叩きおろしてから、濡れタオルでよく手を拭きながら、云った。

「見せて。早く、よ」「へえ」

三松は畳紙を解くより早く、自分の表情が解けてくるのを、どうしようもなかった。会心の出来栄えなのである。店で一度ひろげてみて、はやる心を懸命に鎮めながら、小僧に手も触れさせず、店の者の誰の目にもさらさないうちに一人で畳みこんで持ってきたのであった。

菊弥が三松の指先の動きを、息を殺して、見詰めている。畳紙の紙撚紐《こよりひも》を解く。布に被《かぶ》せてある薄紙を払う。漆黒の絹を三松の指先は慎重にふわりと持上げて、衿のありかを確かめると、そのときもう中腰になっていて、呼吸をつけ、漁夫が投網《とあみ》をかける要領で、さっと一息に畳の上に着物の裾をさばいてみせた。

菊弥が息を呑み、目の前に展開された光景を、まるで必死の面持で受止めようとしているかに見えた。三松も息を止めて、菊弥の顔に現れる彼の作品の効果を読もうと構えている。三松の仕事の勝負がきまる瞬間であった。

ほうっと菊弥が息をついた。三松は、誘い出されたように表情をゆるめる。

「なんていい着物なの、三松っつぁん」

こういうとき、三松には打って響くような返事はないのだった。彼は、却《かえ》ってテレてしまい、それでいて緊張は完全にとけてしまって、えへ、えへ、えへ、と、ひどく締まりのない笑い方をした。

「着るのが怖いようだわ。その菊の花の白いのは、凄いみたいじゃないの」

「黒が利いてるんですよ。青下ですから、白が立つんです」

「裾だけ見ると、まるで能衣裳みたいね」

「べた縫いにしてありますからね。織りもんみたいに見えるんですね」

菊畠《きくばたけ》の菊なのであった。一面に、漆の梨地のように金と銀と白と鼠《ねずみ》色の糸がびっしりと地紋も見えなくなるほど裾を掩い、生えている菊の下葉を彩《いろど》っている。菊は、花はもちろん葉も茎も、糸を惜しまず刺し上げてあるので、まるで生花のように勢よく見えた。金糸で刺した黄菊があまり目立たなくて、菊弥が最初に云ったように白菊を際立たせる脇役になっているのが、却って全体の豪華さを強調する結果になっている。

「曳きは？」「石畳です」銹朱の色が冴え冴えとして、三松はもう得意の絶頂だった。

「この着物の銀砂子と、ほら、ぴたりでしょう」

「なるほどね、石畳とは考えたわね」

「長襦袢も見て下さい」

小菊の絞りが一面に飛び散って、裾にいくほど花が詰っている。目を奪うように鮮やかな緋《ひ》色は、曳きにあわせて縮緬を使ったところがミソであった。綸子は光りが強すぎて紅が負けるのである。しぼの高い布地が色をなごめているので、銹朱の石畳とぶつかっても争わないで互いに色をひき立たせていた。

「三松さん」

「へえ」

「ありがと」

菊弥は掌を合わせて拝む恰好《かっこう》をした。一瞬、三松は目が眩《くら》むかと思い、慌てて、

「滅相もない。お礼を申したいのは、こちらの方ですよ。久しぶりに思いきりの仕事をさせて

頂きました」

と云った。彼が慌てたのは菊弥が合掌したからではなくて、合掌した菊弥の顔に、何か唯《ただ》ならない崇高なものを見たような気がしたからである。もっとも、それがどのように崇高なものかということは、あまりにも狼狽《うろた》えたので、何が何か分らなくなってしまったのだが、

「ちょっと今、着てみたいけど、いいかしら。着まけしないかしら」

「そんなことありませんよ。お姐さんにあわせて作った着物なんですから」

「重ねてみて」

「へい」菊弥は鏡の中の自分と見較べて、またしばらく迷っていたが、

「いいわね。お化粧してからじゃ、却って汚すかしれない」

と気持をきめて立上った。

湯上りの菊弥は、素肌に糊のきいた浴衣《ゆかた》を着ていた。梶《かじ》の葉を大きく散らしてあるのは、梶川流の揃いに違いなかったが、菊弥はそれを、背後から三松が着せかける衣裳の下で器用にするりと脱ぎ落し、次の瞬間には新しいものに手を通していた。三松の鼻腔を湯上りの女特有の肌の匂いが通りすぎた。緋の襦袢と曳きと黒の三枚を裾曳いて菊弥は手早く前を軽く重ね合わせた。三松は心得て、帯を持って胸の辺りへ当ててみせる。

「菊尽《きくづ》くしね」

鏡を見て、三松は声がなかった。化粧をしていない菊弥の顔は、眉も薄く、唇も小さくて、

全体に稀薄な感じになっていた。それでいて肌があまりにも美しい。青下の黒が衿元をひきしめて、その反射が肌をいよいよ冴えてみせているのであった。観音像に菊花を捧げたようだ、と咄嗟に三松は思った。すると最前の合掌姿と、それで動揺した自分の気持が思い出され、観音とは、あのときの狼狽も当然だったのだと瞑目《めいもく》したい想いであった。こういう仏像を、確かに見たことがある、と三松は記憶を探り始めた。

中宮寺の弥勒《みろく》だ、と気がついたとき、もう菊弥は浴衣姿に戻って、まだ茫然としている三松に、弥勒とは似ても似つかない華やかな笑顔になって話しかけた。

「流石《さすが》だわ、三松さん」

「へえ」

「いい勘だってこと」

「そりゃもう四十年この道で御飯を頂だいしてるんですから」

「そうじゃないのよ。着物は三松さん任せで絶対大丈夫と安心してたわよ。そうじゃなくて、いい勘だと云ってるのはね」

菊弥は上機嫌で女中を呼ぶと、

「三松さんが間に合ってくれたから、こちらと包み直して」

と、云いつけてから、鏡に向って急いだ手つきで化粧を始めた。

「今日から、村井先生のアトリエなのよ」

「本当ですか」

「そうなの。間に合わないかと思ってじりじりしてたんだけど、あんまり急がせてドタン場で手を抜かれたりしたらコトだと思ったから、催促は諦めてたのよ」

「そうですか。それは御心配をおかけしました。これだけの着物じゃ手の抜きようはありませんから、そりゃ催促して頂いても今日にならなきゃお届け出来ませんでしたよ。しかし、さいですか。そりゃまあ、私も確かに勘がよかったってわけです」

「本当よ。仕方がないから古いのきて、形だけつけていようと思ってたの。ああ、これで助かったわ」

「こういう時間に紅雪先生はお仕事をなさるんですか」

「午前中に一仕事なさって、午後はお昼寝なんですって。着付けは先生のお気に入りで、山口さんが呼ばれてるし、鬘《かつら》も橋本がお名ざしなの。もう鬘あわせはしてね、首実検もすんでるのよ。顔だけ作っていけばいいってわけ」

喋りながら菊弥は舞台化粧のように練白粉を色濃く顔にのばし始めていた。

「それじゃ私は躾糸《しつけ》をお取りしておきましょう」

三松は弾む心を抑えながら、小指の先で細い躾の絹糸をひっぱり上げ、すいすいと引き抜いては、その都度顔を離して着物の出来工合を倦きずに眺めていた。

「お姐さん」

「なあに」

「私どもはアトリエに伺えないんでしょうが、一度はこれを着なすったところを拝見したいものですねえ」

「そうねえ、今度はまあ無理だけど、お正月には着るわよ。橋本の蔓で、ね。それまでに絵の方が評判になってるかもしれないから、着てみせろというお客が多いと思うわ。それでなくたって、この土地でこれだけの着物を着る芸者はここんとこ居やァしないんだから。ああ、わくわくしちゃう、だわ」

白く塗りこめた顔は、埴輪《はにわ》のように眼《め》ばかりが強く空洞のように見えて、三松はもうこういう顔には馴れているようでも毎度苦手である。表情が眼だけに集って、しかも眼が黒一色に強調されて見えるものだから、男には受止めかねる怖ろしい顔なのである。丁稚小僧の時代には幾度も夢でうなされたことがあったほどだ。今も鏡の中の菊弥は、口ではふざけているのに、表情には微笑のかげもないのだった。菊弥の方は意識しているのかどうか分らない。

「絵の方は見せて頂けますかねえ」

「もちろんよ。当り前じゃないの」

三松は、おずおずと訊いたのだが、菊弥は練白粉を肌になじませるのに牡丹刷毛《ぼたんばけ》で上から叩いているときで、はたき返すように勢よく答えた。その日の午後、菊弥から電話があって、村井紅雪が着物に瞠目《どうもく》したこと、

「どちらでお誂《あつら》えになりましたか」

と、呉服屋の名を訊いたこと、いたく満足げであったことを伝えてきたが、あいにく三松の主人は外出中で、彼はそれを後で店の者から聞いた。

「そうかい」

もちろん嬉しくないことはなかったが、三松はもう平静さを取戻していた。

呉服屋の喜びというものは注文を受けてから仕上った着物を届けるまで、なのである。どの客も着たときは見せる、呼ぶから来いと云うけれども、もともと呉服屋を喜ばせるために作ったのではないから、いざ着たときには本来の目的のためだけに着手の頭は一杯になって、呉服屋は閑却視されてしまうものなのである。三松は長い商いの道で、そんなことは先刻承知しているのであった。よくよくのときだけ、見たいものだと口走ってしまうが、幾度も忘れられてしまえば知恵の方は固まって、品を届けて帰る頃には仕事は終ったと観念してしまう。呆《あ》っ気《け》ないことではあるが、しかし熱中して職人の間を歩きまわっている間は本当に楽しかった。充実してその時間を生きているのだから、もう悔いも未練も残らない。菊弥の着物は村井紅雪の気に入って菊弥も面目をほどこし、旦那の機嫌も上々吉になれば、それに上越す効果はないのだが、その喜びに呉服屋はもはやあずかれないのであった。

その秋、院展に出品された村井紅雪の作品は、小面と能衣裳をつけた能楽師の舞台姿で、「楊貴妃」と題されていた。美人画で鳴らしてきた紅雪としては珍しい画材なので評判になり、新聞にも早々と写真入りで紹介された。三松は上野の都美術館まで出かけて行ったが、紅雪の作品はやはりそれ一点だけであった。能衣裳の華麗な織模様が量感豊かに克明に描かれてあって、それが簡潔な表情の小面に微妙な翳《かげ》を浮かばせるのに成功していた。この筆で菊弥のあの衣裳が写されるのならば、三松はそう思うことによって幽かな喜びを覚えたが、すると菊弥の肖像画の方はどういうことになっているのだろうかと、もう自分とは縁が断たれていると思いながらも諦めの悪い疑いを持った。菊弥にはあれ以後、中元を届けに出かけたときだけで、ずっと顔を合わせていない。溜っていた勘定と例の衣裳の代金はまとめてぱっと払ってくれたのだが、三松がそれを取りに行ったときは菊弥は急ぎの用で出かけてしまっていて、女中には絵の方のことはさっぱり分らないようであった。ただ、この夏は強羅《ごうら》で過すことが多いとだけ云い、それで旦那の景気はそこまで盛返したのかと三松はぼんやり思っただけである。菊津川から電話がかかって、絵が出来上ったから見にくるようにと云ってきたのは、その年の師走《しわす》に入ってからであった。すっかり諦めたつもりではいても、心の底では待ちわびていたものだから、三松は、菓子折を買うときからもう飛立つような思いであった。

「三松でございます。おめでとうございい」

「ありがとう。さあ見て頂だい」

菊弥は気のせいか肉付きがよくなって、不断着の素袷《すあわせ》をたっぷりと着こなしていた。目にも唇にも、満足そうな微笑がこぼれている。三松もわくわくしながら二階の座敷に上っていった。

八畳のその部屋には二間の大きな床の間があることを彼はもう前からよく知っていた。

ほうっと、三松の口から大きく息が洩《も》れた。座敷には小さな手焙《てあぶ》りが置かれているだけで、座布団も何もなく、しかし香がたかれていた。床の間の置きものも、花も取りかたづけられていて、それは村井紅雪の絵だけの部屋に調えられ、余分なものは一切ない。

三尺と二尺の絵絹に、出の衣裳を着た芸者が、横坐りして長い裾を形よく曳き、片手に扇をひろげて、それをじっと見ている。三松は立姿の絵しか想像していなかったので、この構図は思いがけなかったが、裾の模様はより見事に展げられていたから、なるほどと感じ入った。菊弥の顔は心もち横向きで、それが目鼻の整った面長の顔を一層古風に見せている。いかにも肖像らしい写実ではないのだが、菊弥の特徴ははっきりと出ていて、院展の出品作とは比較にならない小さな絵だが、村井紅雪としては、いかにも丹念な仕事ぶりに相当打込んで描いたものだということが分る。

三松の呉服屋としての目から見ても、着物の絵付けの勘どころはぴしっと押えられていて、自慢の銀砂子は胡粉《ごふん》の中に雲母《うんも》を混ぜたような特殊な顔料を使ってあった。紅雪の工夫であったかもしれない。黄菊も白菊も漆黒の夜に塗りこめられずに気高く咲き匂っているように勢がよく、それがどこか淋しそうな女の横顔と対照的で、見るものの目を自然と芸者が持って見詰めている扇へ集める効果を持っていた。

いわば絵の主題はその扇にあるとでも云うのだろうか。もう一つ云いかえれば、その絵は扇を中心として描かれ、女の顔も豪華な出の衣裳も総て扇のための効果でしかないと思えるほど、扇には重大な意味があるように思われた。

それは妻紅黒骨扇と呼ばれる能楽の扇であった。十五本の骨が黒塗りになっているのと、見たところの寸法が違うから、三松にも踊りの扇子ではないことははっきり分り、多分お能の扇であろうかと朧《おぼろ》に思いつくしかなかったし、扇面の絵が紅地に金の雲形をとり、その上から籬《まがき》菊を描いてあるのも、衣裳や帯と合わせて菊づくしにしてあるのだろうというごく皮相な見方しか出来なかった。

もし能に造詣《ぞうけい》の深いものがこの絵を見たならば、その扇が「班女《はんじょ》」で主として用いられるものであり、絵の主題もまた「班女の扇」というものであるのに気がついた筈である。班女というのは、漢の成帝のとき選ばれて後宮に入り、殊寵《しゅちょう》を得ていたのが、趙飛燕《ちょうひえん》が召されてから帝の寵愛が衰えて、終《つい》に東宮に退けられたという悲劇の主人公である。文選の「怨歌行」に「新裂斉紈素　鮮潔如霜雪　裁為合歓扇　団団似明月　出入君懐袖　動揺微風発　常恐秋節至　涼飈奪炎熱　棄捐篋笥中　恩情中道絶」と、秋になると棄てられる扇に身を喩《たと》えた詩がある。院展の出品作が「楊貴妃」であったところをみても分るが、村井紅雪が能楽に通じていることは画壇ではいわば常識で、そんなところからも班女の扇は彼の画題としては相応しいものであっただろう。

しかし、あれほど豪華な、金に糸目をつけずに仕上げた衣裳に身を包んだ菊弥から、いわば喜びに溢れていた筈の芸者から、どうしてこの悲嘆の極にある女を主題にすることを思い浮んだのだろうか。三松には班女の知識こそなかったけれども、絵の主題が華麗な扇によって、意外にも厳しいほどの淋しさを強調していることは感じとれた。青下の黒で染め上げた綸子が、紅雪画伯の刷毛先で、黒く黒く絵絹に塗りこめられ、顔料の加減からか蛇の肌のように青光りしているのを、三松は怖ろしいものでも見るように眺めていた。何がどうなっているのか分らないが、見れば見るほど凄い絵だということは分る。

「名作ですねえ。傑作ですよ、これは」

云ってしまってから、その言葉の上っ調子なのに三松はがっかりし、自分で自分の唇を捻り上げてやりたくなった。こんな表現では絵にも失礼なら、自分の今の感動ともまるでうらはらで気に入らなかった。

しかし菊弥は、どんな褒め言葉でも受入れることができるほど無邪気に相好《そうごう》を崩していた。

「でしょう?」満足そうに肯いてから、幾度眺めても見倦《みあ》きないという風情で、

「暑い間は強羅の別荘に泊りこみだったのよ」

と、愉《たの》しい想い出を追うように、うっとりとした口調で云った。

「ははあ、強羅で。袷に仕立てたこの衣裳を夏場ではさぞ大変だろうと思っていましたんですよ」

「寒くなるまで強羅だったの。この絵を仕上げてしまうまでいて、いつもより長い御滞在だったのよ。奥さまが先生の神経痛が出ないかって、はらはらしていらしたわ」

「モデルになるのも大変でしょうねえ」

「そりゃ、あなた。先生の眼に射すくめられているようで、ピクリとも動けるもんじゃないんだから。辛かったわ。このお扇子が、また重くってね」

「時代のついた扇子ですか」

「そう、亡くなった青風さんのものなんですって」

「さだめし由緒のあるものなんでしょう」

「そうでしょうね。でも、何しろ紅雪先生ときたら、アトリエの中では一切無口だし、お仕事があけると御食事も何もお一人だから、一つ家にいても他では滅多に顔を見ないのよ」

「そうですか」

「こうして見ても本当に見事な着物ね。先生もよほど気に入ったらしくて、あなたんとこの店の名を幾度も幾度も訊くのよ。お齢だから、すぐ忘れちゃうらしくて」

それから菊弥はひとしきり村井紅雪の人柄や癖や、紅雪夫人のことや、強羅の別荘に出入りした人々の噂話などをいかにも楽しそうに、声を弾ませて喋り続けた。しかし三松は、絵の前ではいかにも圧迫されているようで緊張がとけず、どうしても心が浮立って来ないのに当惑していた。

「旦那は御機嫌でしょう」話の切れたところで、辛うじて三松は煽《おだ》ての合ノ手を入れた。

「ええ、そりゃあ、もう」惚《の》ろ気めいた流し目で、菊弥は意味ありげに肯いてみせたが、そのとき表情を横切った影があったのを三松は見咎《みとが》めて、はて、と思った。昔のように金廻りもよくなったし、村井紅雪に肖像を描かせるほどの気の入れようでは、どんなに愛情も強く深いかと思われるのに、この絵の前では異様に見えるほど躁《はしや》ぐ菊弥と、今の表情の翳りは、両方とも解《げ》せなかった。

帰り道に、三松はあの絵の値打ちはいったいどれほどのものだろうかと商人らしいことを考えていた。村井紅雪は画壇の数少い長老の一人であり、画料も最高だとは随分前から聞いていた。わざわざ描かせたということには値のつけられない値打ちがあるけれども、それは別としてもあの絵には、衣裳代などはものの数でないほどの値打ちがあるに違いない。菊弥もいわばあれで一財産できたというものではないか。芸者と旦那の間は、なんといっても金が縁結びの役をしていて、愛情を示すのも金が目盛りなのだから、本当に菊弥もこれでめでたし、めでたしというものだ、と思いながらも、三松の心にそれから幾日かひっかかっていたのは、絵に漲っていた寂寥《せきりよう》の謎であった。班女の故事を知らないだけに、一層三松には解き難かった。

数日後、三松は顧客に歳暮を配る用で、また菊津川を訪れた。不景気だけれども今年はうんとはりこんで、松を絞りでぬいた贅沢な風呂敷を誂えてあった。不景気とは逆に世の中は豪奢《ごうしや》になる一方だから、商人はこういうところで無理をしなければならないのである。しかし作ってみると、届けに出てもいい気持で、やはりいいものはいいと三松は満足であった。菊津川の玄関先に立ったときも、彼は上機嫌で声をかけた。

「はあい」だるいような、生気のない声であったが、菊弥に違いなかった。

「三松でございます」「ああ。お上んなさい」

女中が出ているのだろう。三松は一人で上ると、菊弥の居間の襖《ふすま》を開けた。菊弥は、例によって鏡台の前にぺったり坐っていたが、化粧が終っていないのか中途半端な顔をしていた。不断着の絆纏姿《はんてんすがた》である。

「お姐さん、本年はお世話になりまして有りがとうござんした。殊に、いい仕事をさせて頂きました。お礼と申すほどのものではございませんが……」

「ああ、そう。わざわざ、いつも」

菊弥は長火鉢の前に坐ると、電熱器を仕込んであるその上から鉄瓶《てつびん》を持上げ、茶箱から茶盌《わん》を出し、自分の湯呑と三松の分に茶を注いだ。

「どうぞ」「おそれいります」

近寄って、よく見ると、菊弥はもう化粧は終っているのであった。瞼にも唇にも紅をさしているのに、どうも造作がぼやけて見えるのは、眠り足りていないのか、心の中に屈托《くったく》のある証拠であろう。三松は世間話はほどほどにして早く立とうと思った。今日一日で廻る予定の顧客《とくい》先《さき》は多いのである。一口、渋茶を啜《すす》ってから、しかしそうなると訊きたいことが一番先に出て、

「あの絵は、まだお掛けになってますか」

と云ってしまった。できればもう一度見させてもらおうと思って出かけて来たからであった。

「あれ、もう無いわよ」

菊弥が、口を曲げて、詰らなそうに答えた。言葉に感情を込めないためには、そういう口調しかなかったのだろうが、虚を衝かれて三松は吾《われ》にもなく喉の奥で驚きの声をあげた。

「へ？」

「持っていっちゃったのよ。私にくれたんじゃなかったらしいわ」

それからどんな会話を交したか、三松は覚えていない。自分が慌てる筋合にないと思いながらも、ほうほうの体で菊津川を出ると、待たせていた車に飛乗っていた。

「次はどちらですか」

「どこでもいいよ。ともかく走ってくれ」

若い運転手は狭い露地から大通りに出たが、主人がなかなか指図をしないので、勝手にハンドルを切って高速道路の方へ入ってしまった。スピードをあげてノン・ストップで走る車の中で、三松は東京の街並をぼんやり眺めたり見下したりしながら、花柳界の女というのは所詮《しょせん》男の所有物だったことを思い出していた。それも多分、男の財産ということになるのだろうか、恰度あの絵が菊弥のでなく旦那の財産であったように。

村井画伯は、それを見通していたのに違いない、と三松は、やがて呉服屋らしい会得《えとく》をしていた。


（「別冊文藝春秋」一九六六年九月）

鬼の腕

歌舞伎座の正面前でタクシーをおりたが、開演時間を遥かに過ぎたせいか劇場の前はひっそりと静まりかえっていた。土岐秀夫は足早に受付の前をすり抜けてロビーへ入ったが、誰も彼に切符を持っているかどうかを咎《とが》めだてする者はなかった。受付の女の子たちは彼の風采から劇場関係者と思ったのかもしれない。あるいは今日の舞踊会の主催者側の人間と思ったのかもしれない。秀夫はふとそう思うと苦笑が湧いた。十数年前のある時期、そう思われるようにと故意に仕事ありげな顔つきで劇場の入口をごまかして通っていたことを思い出したからである。

ロビーには舞踊会らしい華やかさが溢れていた。番が終ったらしい若い娘たちが厚化粧を拭き落して急いで化粧《つくり》直ししたという火照った顔で、派手な梶川《かじかわ》流の揃いの裾模様をはためかせながら、小走りに客席を出たり入ったりしている。髪飾りや帯止めにダイヤを燦《きらめ》かせている老婦人たちが、三々五々と集っては肥満した体を小ゆすりして、誰々の舞台の批評をしあっている。かと思えば、黒い紋つきをぞろりと着た男たちが、まるで昭和とはかけはなれた優雅な、あるいは隠微な顔つきで、女たちに取囲まれながら行き交う。

十何年も前に見慣れて芯から嫌悪を感じた風景が、今もいよいよ色濃いままで此《こ》の世にあるのかという感慨が秀夫には無いでもなかった。が、彼はそんな想い出にかかずりあうまいとして腕時計の針を忙しく読んだ。六時四十分。予定の時間に十分も遅れたかと思うと、ロビーを眺める余裕は失われた。彼は人波を突っ切って真直《まつす》ぐに監事室の前へ進み、すぐドアを引いて中へ滑りこんだ。普通の観客なら、監事室がどういうところか知りもしないだろうし、「劇場関係者以外は御遠慮下さい」と書かれた注意書の手前もそのドアに手をかけることはしないだろう。仮に好奇心にかられてドアを開いたとしても、中の暗い部屋の異様さと、それから中に詰った人間たちが一斉に後を振返れば、たいがいたじろいで慌ててドアを閉めて逃げ出してしまうだろう。だが秀夫はたじろがなかった。彼は平然として、振向いた人々の視線を黙殺し、暗い中に一つ空いている席を見つけると、そこに腰をおろした。舞台では猩々《しようじよう》が赤毛を振りながら優美に酒に酔って踊っているところだった。

監事室の中にいるのは、梶川流以外の流派の師匠連が多いようだった。秀夫の見覚えある高名な舞台の批評家も一人混っていた。みんな監事室に詰めている眼目は舞台の猩々には無かったらしく、かなり大声で勝手な話をしている。監事室は観客席との境は硝子《ガラス》張りで、舞台の音曲はスピーカーで流れこむ仕掛けになっているから、部屋の中で何を喋ろうがすぐ前の客の耳には何も聞えないのだ。一人の和服姿の男は、そののっぺりとしたいかにも日本舞踊の世界の人間らしい顔だちにも似合わず、しきりと喋っているのは始まったばかりの日本シリーズの各チームの月旦《げったん》だった。驚いたことには相槌《あいづち》を打っているのが舞踊界では大御所と呼ばれている○○流の家元である。男たちは殆《ほとん》ど皆この話に聞き耳をたてていて、かなりの興味を示していたし、時々口を挟んで自分の知識や造詣を披瀝する者もあった。突飛な感想を云《い》う者があると、二、三人いた女たちも喉を鳴らして笑っている。要するに誰も舞台の猩々に注意を払っている者はないのだった。時々退屈しのぎに舞台を眺めても、すぐまた野球の話になってしまう。

秀夫は彼の隣にいた中年の女に、そっと訊いた。

「無限《むげん》道成寺はこの次でしたね」

「ええ、次ですよ。梶川紫猿《かじかわしえん》さんのでしょう」

「少し遅れてるようですね」

「ええ、どうしてもこういう会はねえ」

これだけの短い会話だったのに、気がついてみると監事室の中の空気は一変していた。日本シリーズの話はぴたりと終っていて、誰も彼もが息をひそめるようにして、秀夫を窺っている。彼が何者だろうかという好奇心が、部屋一杯にぬめぬめとした湿気をもたらしていた。しまった、と思ったが、もう遅かった。秀夫は唇を嚙《か》み、やがて観念して肚《はら》をきめると、腕組みをして舞台の猩々が中啓を開いて舞い遊ぶさまに見入る振りをしていた。

「誰です?」

「さあ……」

「紫猿の……？」

「でしょうな」

「でも……」

「いやあ、そうですよ。まだまだ旺《さか》んなものなんだから」

こんな囁《ささや》き声が、聞くまいとしても狭くるしい監事室の中では秀夫の耳に伝わってくる。彼は眉をしかめ、腕を組み直し、やがて居たたまれぬ想いで立上ろうとし、しかしそうしては彼らの憶測を肯定することになると気付いて、気を取り直した。足を組み、腰を前にずらして上体を少し後へ倒した。それで腕組みしたところは、吾《われ》ながらどうともしろと取れる態度だった。不貞《ふて》くされて見えるに違いないとも思った。

「子供が欲しいもの我慢してるときは、そんな不機嫌な顔になるわよ。武が昔よくあんたと同じ顔をしたものだわ。そういえば、あんた武と同い齢《どし》だったっけねえ。おおいやだ」

そういって喧《やかま》しく笑った梶川紫猿の声が俄かに耳朶《じだ》に甦ってきた。秀夫は目を瞑《つむ》った……。

その紫猿が、どうして秀夫の勤め先を知ったのか十余年ぶりで電話をかけてきて、

「どう？　元気？」

「はあ」

「相変らず無愛想な子だよ」

昔と同じように大きな声で笑ってから、急に真剣な声になって、

「明後日《あさって》ね、歌舞伎座で踊るんだよ。あんたにはどうしても見て貰いたいのよ。六時半からだから、見に来て。お迎い出すから、必ず来て欲しいのよ」

と、まるで追いたてられたような早口で云うのだ。

「迎いなんかもらわなくても行きますよ。だけど、どうしたんです。何を踊るんです」

「無限《むげん》道成寺。新作だけどね、いろんな道成寺を私の一生分で煮つめたつもりなのさ。いいむげんてのは、尽きせぬという意味だよ。あんたは学があるから分るだろ。英語ではなんて云うんだい？」

「永遠《エタニテイ》……」

「それだよ、きっと。見に来てくれるね、約束したよ。手帳ひらいて、明後日のところにメモしといてよ。それじゃね」

「あ、待って下さい」

「なあに」

「どうしたんですか、突然に」

「ああ」

紫猿は今度は晴れやかに笑った。

「私もねえ、いつまで踊れる体じゃないから、今のうちに見ておいてもらいたくってね。どうしたって人間、齢には勝てないということさ」

手帳にはメモしなかったが、最後の言葉はメモより深い刻印のように秀夫の心に焼きついていた。だから今日一日は朝から気がかりで会社でも一日落着かなかった。そのくせ退社時刻が来てものろのろとして、六時半の歌舞伎座にそれより早く着くのは沽券《こけん》にかかわるように思っていた。揚句がタクシーを拾わなければ間に合わない時間になって、それが日本橋から木挽町《こびきちょう》では交通量がたださえ殖《ふ》えて錯綜している東京の街で、到頭十分の遅刻ということになってしまったのだった。

それにしても、と秀夫は今更のように思う。電話がかかってから秀夫が歌舞伎座に落着くまで、まる二日ばかりの間に、紫猿と秀夫との間の十年間余の空白がすっかり埋めつくされてしまっている。あの矢庭にかかった乱暴な電話一本で、二人の距離はあれよと云う間もなく約《つづ》まってしまったのだ。

猩々が終って、花車を織出した綴《つづ》れの緞帳《どんちょう》がたっぷりと舞台を閉ざすと、監事室の人々は観客席の視線を受けるのを忌むのか急に体の向きを変えて、

「やあやあ暫《しばら》く」

「ごきげんよろしゅうございます」

と、あらためて挨拶したり、別の話題へ入ったりし始めた。

「ときに先生、紫猿さんの無限道成寺ですがね、一体これはなんですか？」

「さあ、聞いたことが無いですな。梶川流の古いものの中にでもあるかと思って家元に訊ねま

したがな、どうも家元の方もはっきりしないんですな、これが。無間鐘道成寺《むげんのかねどうじょうじ》というのはありますが、傾城《けいせい》道成寺のことですよ。それとは違うらしいし」

「作者の名前が出てないし、しかし変だな、作曲は明石町《あかしちょう》だよ」

「先刻染屋で会ったので訊いたんですがな、いやあといって頭をかいてるんですよ」

「裏では鐘入りがあるとか云ってましたよ」

「なるほど、みなそれぞれに探りを入れたんですかな」

笑っていても皆が皆、どこか安心のならない様子で、話題は専ら次の紫猿の道成寺に集中していた。いつの間にか監事室は人間が倍にも殖えて、立っている者は一つ一つの椅子の背中に、みんな手をかけて喋っていて、始まればそのまま中腰になって舞台を見るつもりでいるらしい。

「うわあ、一杯だなあ」

こんな声をあげながら今日の会主である梶川流の家元が入ってくると、待っていたとばかりに質問が投げかけられた。

「新作ですよ、ええ。作詞は彼女自身だそうです」

「そんなこと、あのお婆さんが出来るのかい？」

「いろんな道成寺から文句集めたのよって云ってましたよ」

「かなわないなあ」

「かないませんよ、まったく。ちゃんと始めから終りまで見て下さいよ、家元。駄目は手帳にメモしといてよ、家元。ちゃんと見てくれなきゃ承知しないわよ、家元。というわけで、見て下さい、この帳面は、さっき彼女から手渡されたんです。家元にやることじゃありませんよ。親爺《おやじ》の遺産の中じゃ一番の難物ですよ、察して下さいよ」

「じゃ、梶川さんも今日が見始めなんですか？」

「そうですよ、秋に還暦の祝いの会をやるまでに、練り上げたいんだって云うんです」

「へええ、秋の自分の会に出すものを、梶川流大会で試演するんですか。相変らず横着な婆さんだなあ」

ちょっと会話のとぎれたところで、誰かが呟《つぶや》いた。

「しかし何をやっても、憎まれながらでも通っちゃうんだから、得な人ですよ、あの人は」

その後、また暫く部屋の中に沈黙があったのは、人々がこの言葉に同感していたからに違いない。

ベルが鳴った。客席が暗くなった。誰かが監事室の豆ランプも消してしまった。正面の緞帳が音もなく上った。舞台も闇だ。そこへ長唄の三味線だけが聞えてきた。

唄い出しは「花の外には松ばかり」で、曲も娘道成寺と同じだった。が、照明の中に徐々に浮かび上がってきたのは、桜花爛漫《らんまん》の華やかな舞台ではなく、大きな釣鐘が一つ、中央に置かれているだけの、厳しいほどの淋しさだった。が、しかし、

色は匂えど散りぬとは
誰が云い初めしことやらん。
花は散りても
花の色は紅深まりて
花の香は尽きせぬものを。
尽きせぬものを。

苔色《こけいろ》をした釣鐘は紗張《しゃば》りの細工物だったのだ。一度明るくなった舞台が薄暮の照明に変ると同時に、釣鐘の中が白い光を受けて照らし出された。あっと秀夫は声を呑んだ。白地に墨絵の桜という衣裳《いしょう》に身を包んだ紫猿が、白い顔をやや面伏せにして坐っている。
道成寺は能も踊りも最後が鐘入りになるのに、紫猿の新作の無限道成寺は鐘入りを最初に持ってきて、一人の女が鐘の中から自分の生涯を回想するという形式になっていた。鐘から出てきた紫猿は、墨絵の裾を蹴り立てながら、

さくらさくらと謡われて、
云うて袂のわけ二つ、
勤めさえただ浮々《うかうか》と、

どうでも女は悪性もの。
都育ちは蓮葉なものじゃえ。

娘道成寺の有名な唄と曲と振りを、華やかに踊り展《ひろ》げた。紫猿にしては地味な着物で、帯は黒地に定式《じょうしき》通りの狂言模様を織出したものだったのだが、帯揚げは燃えさかる焔《ほのお》の色にも似た紅で、それが胸許《むなもと》から噴き出るように鮮やかだった。

監事室の中でも場違いな人間である土岐秀夫は、紫猿とあれほどの繋《つな》がりを持っていながら、実は踊りに関しては昔も今もずぶの素人なのであったから、紫猿の無限道成寺に新作舞踊としてどれ程の価値があるかは全く分らない。ただ、彼に痛いほど迫ってくるのは紫猿の美しさと、それから紫猿の若さであった。

初めて紫猿に会ったのは終戦の翌年の冬だったが、

「四十過ぎてるんだよ、うちのおふくろ」

と息子の武にきかされて、腹の底から魂消えたものだった。どう見ても三十そこそこにしか見えなくて、当時二十三歳だった秀夫には、彼女が鏡台前で惜しげもなく見せる胸や背の白さや肌艶が目に眩《まぶ》しく、湧き立つような女臭さにはむせかえるばかりだった。

その頃でさえ紫猿の舞台は、若造りの日常より更に十歳も若く見えた。進駐軍相手の大がかりな舞台で踊りまくる紫猿の舞台姿に、秀夫は幾度目を疑ったか分らなかった。どう見ても自分より若くあどけない少女としか思えない。平素の紫猿には秀夫には受止めかねるような脂ぎった色気が旺溢《おういつ》していたが、娘のかつらと衣裳をつけた紫猿は、男の肌に触れたこともないような清純さを、その大きな眼《め》からも形よくひきしまった唇の紅からも感じさせた。戦争中に灰色の青春前期を過した秀夫は、そうして初めて青春らしい青春を自覚していた。僕の初恋だな……と、心の中で呟いて、苦笑したことも幾度あったか。呟くのは舞台を見て恍惚境《こうこつきょう》に曳《ひ》きこまれたときであり、苦笑するのは彼女が楽屋に戻って化粧落しにかかるときであった。

紫猿が進駐軍の将校夫人を知己に得て、まだ舞踊界が立直っていない頃いち早く舞台に復帰したころ、秀夫は紫猿の息子の友人からの伝手《つて》で臨時の通訳として彼女の一座で働いたことがある。つまりアルバイトをしていたのだ。紫猿の踊りは早手間にアレンジしたのがアメリカ兵たちに好評で、だからアーニイパイル劇場からも始終口がかかってきたし、おかげで秀夫は仕事の切れ目が少なかった。だが毎日のように清純な乙女である紫猿と、中年女の濃厚な紫猿を交互に見るという生活の繰返しは、秀夫を次第に奇妙な世界に引摺《ひきず》りこもうとしていた。処女性の魅力と、女盛りの魅惑――この二つが彼の鼻の先で、ひらひらとめまぐるしく入れ変るのだ。彼は次第に混乱を来していた。舞台の乙女に濃厚な紫猿が重なって見えることがあり、平生にしては厚化粧で派手な着物姿の紫猿から、ふと生娘のような初々しさがこぼれ出るのを見てぎくりとしたり、揺れる船の中で水平線の上下するのに眼を奪われてすっかり船酔いしてしまうのと同じ形で、彼は酔った。悪酔いだった。

人使いの荒い紫猿は、通訳であろうが身近にいさえすれば誰でも使い散らかしたから、進駐軍のキャンプをまわるような巡業で一緒に暮す日が続くうちに、すっかり秀夫を重宝がって、本来ならば内弟子にやらせるような身辺の細々したことまで一々秀夫を呼びつけてやらせた。化粧落しの湯を運ばせたり、脱ぎ落した部屋着を畳めと云ったり、着更えの肌着を下から順に目の前に並べさせたり、時には脚を揉ませたこともあった。日本舞踊は肉体を不自然に抑えこむ動きが多いので、演目によっては脚が疲れて楽屋へ戻ると腰から下がだるくなってしまうのらしい。すると紫猿は鏡台前の座布団に俯伏《うつぶ》して脚をばたばたさせ、揉んで、揉んで、と身をもだえさせるのだった。

内弟子が指をひろげて彼女の脹脛《ふくらはぎ》を摑むようにして揉む。揉み方に別段コツらしいものはないようだったので、ある日内弟子たちが席を外したとき、揉んでよ、早く、とじれている紫猿を見かねて、僕でよければ揉みましょうかと脚に触れたのが始まりだった。彼女の白い脹脛は、まるで搗《つ》きたての餅のように柔らかく温かかった。秀夫はほんの些細な好奇心めいたものから云い出したのであったが、紫猿の肌に触れた瞬間、全身に響くものを感じて茫然《ぼうぜん》とした。これは大変なことに手を染めてしまったのではないかという予想は、しかし当っていた。掌《てのひら》に向うから吸いついてくるような彼女の柔らかい肉は、ただ柔らかいばかりでなく流石《さすが》に幼いときから踊りで鍛えているだけに芯にこりこりした筋肉を持っていた。秀夫のひろげた五本の指の中で、その筋肉はそれだけ独立した生きもののように動いた。

「ああ、いい気持。やっぱり男の力は違うねえ。いいわ、いいわ、とてもいい。ほら、柔らかくなってきたでしょ？」

紫猿は無邪気に声をあげて喜び、部屋に戻ってきた弟子の前では一層大騒ぎして、

「もうお前たちには頼まないよ。これは秀夫ちゃんの専門にするんだ」

と云った。

秀夫がこういう生活に全く抵抗を感じない筈《はず》はなかった。むしろ彼の性格からすれば、女の肌着を整えたり、脚を揉むなどというのは屈辱以外の何でもなかったのだ。おそらく彼の額には忍耐の青筋が立っていただろう。しかしなお彼の手は紫猿に命ぜられるままに動いて、紫猿の脚の凝りを揉みほぐしていたのだ。

舞台で少女が舞うとき、秀夫は別な恍惚を覚えるようになった。彼の掌に、紫猿の生温かい感触が甦り、それが彼の全身へ脈打つように伝わってくる。今あの舞台で踊っている女の脚は自分のこの掌で揉んだものなのだという思いが、奇妙にきな臭い喜びになって、彼は下肢を痺れさせていた。

それから十数年ぶりで見る紫猿の舞姿は、足運びが相変らずきびきびと美しく、秀夫の掌に久しぶりに懐しい感触を呼び起していた。道成寺の女は、白地に墨絵の桜の一つ衣裳で、幼い頃からずっと物語り舞を続けていたが、

諸行無常の世の中に、
恋はまことに煩悩菩提《ぼだい》。
娘々と仰山そうに
云うてたもんな手習い習い、
琴も覚えて物縫いならい
やがて殿御と添寝の枕、……
入相《いりあい》の鐘に花ぞ散る。

処女を失った日の驚きと歓《よろこ》びに悶《もだ》えながら紫猿が鐘の後を一廻りする間に、墨絵の衣裳を上半分だけ引抜いていた。燃えるような緋《ひ》の長襦袢《ながじゆばん》に、粗い鱗模様が絞りとってある。その生々しい紅色は、紫猿の項《うなじ》のなまめかしさと共に観客にある強烈な刺戟《しげき》を与えたに違いない。監事室の中でも皆が一様に息を呑み呼吸を忘れているようだった。秀夫はといえば、彼は狼狽《うろた》え、息苦しくなっていた。この色にも、この姿にも、彼の忘れていた記憶は強く揺さぶられていた。

秀夫は、いつか紫猿の家で、まるで居候のような生活をするようになっていた。紫猿の家の書生のようになって、そこから大学へも通っていたのだ。決して人に誇れる生活であるとは思えない一方で、別に肉体関係があるわけでなし、ただ紫猿の好意に甘えているだけだと自分に弁護しながら日を送っていた。息子の武は紫猿の生母の許で暮していて、ときどき小遣いをねだりにくることがあったが、同窓生である秀夫に会っても曖昧な挨拶をするだけで、それでなくても前から秀夫にはよそよそしかったが、秀夫が一歩近寄れば一歩退くようなところが出ていた。誤解しているのかもしれないと思わないでもなかったが、なんだ馬鹿々々しい、母親じゃないかと秀夫は反撥《はんぱつ》して、誤解ならいくらでも勝手にしていろと、武にだけはひどく不貞くされた態度を持つようになった。

だがいずれにしても平凡な会社員の家庭で育った秀夫が長居できる環境ではなかった。一時にもせよ紫猿に初々しさ、清純さを感じていた秀夫には耐えられない生活が垣間見えて来ていたから。奔放な紫猿の男関係は、秀夫の夢を無惨に踏みにじった。ある日、肩の肉の盛りあがった中年男が、紫猿の居間で彼女の脚を揉んでいるのを見たところがある。呼ばれて部屋に入った秀夫は声を呑んで立ちすくんだ。

「いいよ、秀ちゃん、アルコール療法なんだよ。とっても効くから、見といて覚えといてよ」

目尻を下げていた男が、秀夫を見上げた一瞬、眼に鋭い光をたたえた。秀夫の眼にもおそらくそのとき憎悪の光は宿っていたに違いない。だが紫猿は赤い大きな座布団に腹這《はらば》いになったまま、

「秀ちゃんの揉み方もいいけどさ、これは本当にすっとしていい気持なのよ。越《こし》さんに、こんな芸当があるとは思わなかったわ。私は幸せねえ、いつでも困ったときには救いの神が出てくるの。これで足の方だって治っちゃうよ、きっと」

泰平楽なことを云っている。

越という男は、大きな薬用アルコールの瓶を手にとると、勿体《もったい》ぶって左の掌にそれを注ぎ、急いで右掌を重ねてすり合わせながら、紫猿の白い脛《すね》に当てるとそのままマッサージを始めた。蒸発するアルコールが、ある種の刺戟になって、それが紫猿をこころよくさせているのだろう。

黙って額に青筋を立てたまま坐っている秀夫に、中年男の越の方がようやく奇妙な圧迫感を覚えたらしい。薄ら嗤《わら》いを浮かべた顔をあげて秀夫を見ながら、

「軍隊で覚えたんですよ。将校の足をこうやって揉んだものですよ。あの頃は嫌なお勤めでしたがね」

途端に紫猿の癇性《かんしょう》な声が飛びかかってきた。

「嫌なら頼まないわよ、秀ちゃんにやってもらうから」

「とんでもない、誰も嫌だとは云ってないじゃないか。野郎の足の話だよ」

「女の足なら誰のでもいいの」

「滅相もない」

聞いていられなくて、秀夫は立つと部屋の外へ走り出た。廊下をかなりきてから、く、く、く、と、紫猿の抑えた笑い声が聞えた。それは笑い声を抑えているのではなく、可笑《おか》しさに耐えきれず腹の底から笑っていると聞えた。秀夫は頭に血が上ったが、どうしたものか紫猿に怒りを覚えず、越という男を呪っていた。

その翌朝、

「秀ちゃんッ、秀ちゃんッ」

と喧しく呼びたてられて、秀夫が自分の部屋から飛出ると、廊下から走ってきた内弟子の里子と衝突しそうになった。

「どうしたの？」

「御師匠《おしょ》さんが……」

里子は顔色を変えていて、紫猿に追い立てられてというより自分もじっとしていられなくて秀夫を呼びに来た様子だった。

紫猿の居間に駆け込んでみると、鏡の前で緋の長襦袢を双肌《もろはだ》ぬぎにした紫猿が体を斜めに倒して呻《うめ》いている。

「先生ッ」

助け起すと化粧途中の顔が蒼ざめて目尻がつりあがり、紅のついてない乾いた唇が片方に引きつっていた。

「秀ちゃん」

「どうしたんです」

「ここが……腕が……痛い……痛いよ……」

急に左手にびりッと電気が通ったように思った。とたんに、猛烈な痛みがぎりぎりと鳴って、それで紫猿も驚いて秀夫を呼びたてたのだった。

秀夫としては他に思いつくこともないままに、痛いという腕を左の肩から順に揉み始めた。いつも脚を揉むときのように、あまり強い力を入れずに掌でゆっくりと押えながら、指をひらいて大きく揉みこんだ。しばらくすると紫猿は大きな吐息をついてから、里子に布団を敷けと命じた。声にいつものような張りがなく弱々しいのが一層無気味で、里子は蒼い顔をしながら紫猿の云う通り鏡のすぐ前に夜具を敷きのべ、秀夫と二人がかりで紫猿をそのまま横に寝かした。

紫猿はぐったりとして眼を瞑り、秀夫に腕をまかしたままじっとしていた。秀夫と里子はようやく落着いて、ともかく医者を呼ぼうということになった。何の専門医に見せるよりも、我《わが》儘《まま》ものの紫猿がかかりつけの医者に見せて、それから手当てを考えてもらった方がよかろうというので、里子が電話をかけに立った。

「いやだねえ」

しばらくして、痛みが楽になったものか、紫猿が呟いた。

「いやだねえ、四十肩、五十腕って云うじゃないの。いやだねえ」

「なんですか、それは」

「四十になると肩が変になって、五十になると腕が動かなくなったりするってんだよ、お前さんは何も知らないんだね。私にこんな嫌《や》なこと説明させることないじゃないか」

呟きがだんだん痛の立った声になってきているのは、云っていることとは別に、紫猿が元気を回復している証拠だったのだろうが、若い秀夫にはそれを見る余裕がなくて黙って掌だけ動かしていた。踊りで鍛えた体といっても紫猿の肩から二の腕の肉の柔らかさは喩《たと》えようがなかった。脹脛の比ではなかった。

「少し楽になったよ」

ややあって、紫猿がまた喋り出した。部屋には里子が戻ってきていた。医者は運よく在宅していて、すぐ駆けつけるということだった。

秀夫は先刻から紫猿の敷布団の上に坐って、彼女の左肩を右手で抑えこむような形のままで揉み続けていた。紫猿は痛みが薄らいでくると、今度は揉まれていることがひどくいい気持らしく、枕から頭をずらして秀夫の膝頭に顱をあてて眼を瞑っていた。双肌脱ぎのままだから、布団の中でそういう姿勢になると、まるで紫猿は素裸で寝ているように見えた。秀夫は妄念を払いのけるために真剣な表情でただ揉んでいた。

「ああ、びっくりしちゃったよ」

「僕も驚きましたよ。何事が起ったかと思った」

「中風になるのかと思ってねえ」

「まさか」

「ほんと、もう駄目かと思ったら、痛みよりそれに参っちゃった。だってお前さん、私が半身不随で生きてけると思うかい？　そうなら舌噛んで死ぬ気だったよ」

「……」

「一期の思いで秀ちゃんって名を呼んだんだからね」

眼を瞑ったまま、こんなことを云いながら、ふ、ふ、ふ、と笑っている。

しばらくしてから眼をあけて、枕へ頭を戻して、

「ねえ秀ちゃん」

「なんですか」

「越さんのアルコール療法をここへやってみたらどうかしら。肩から腕へ、さ」

二の腕を揉んでいた秀夫の手が邪慳にそれを紫猿の体へ叩き戻した。

「効くものか、あんなインチキ」

「おや」

紫猿が童女のような表情をたたえて、ぱっちり眼を開いて秀夫を仰ぎ見た。眼の奥でチラチラする光が笑いそよいでいる。若々しく溌剌《はつらつ》とした輝きだった。

「アルコールは蒸発するとき熱をとるんですよ。つまり冷やすんです。体を冷やしていい筈がないし、肩が凝るのも足が痛くなるのも要するに血行が悪くなるからでしょう？　治療には温熱療法が一番いいんですよ。揉むのも血行をよくするためなんですからね。アルコールで冷やすなんか、氷を当てるのと同じですよ、いいわけがないんだ」

どうしてこんなに興奮しているのか秀夫はわけが分らなかった。口が自分の意志を突きのけて勝手に喋りまくっている。おそらく眼も宙を睨《にら》んでいたに違いないのだ。

紫猿の手が秀夫の腕を摑んで矢庭に引き倒した。たった今の病人とは思えない強い力だった。あっと思ったとき秀夫の唇は柔らかく熱い紫猿の唇に包まれ誘いこまれていた。

だがそのとき、秀夫の耳には里子が廊下に飛出して行く足音と、玄関の方に医者の訪《おとな》う声とが同時に聞えていた。頭にかっと血が上った。紫猿の両腕を懸命に解いて起上ると、紫猿はゆっくり緋の袖に腕を通しながら、

「どうしたのよ、変な子」

「……」

「子供が欲しいもの我慢してるときは、そんな不機嫌な顔になるわよ。武が昔、よくあんたと同じ顔をしたものだわ。そういえば、秀ちゃんは武と同い齢だったっけねえ。おおいやだ」

それから急に声をたてて突き破るように笑い出した。

「大木先生がお見えになりました」

部屋の外から里子の取澄した声が聞えた。

「先生、はいって頂だい。もう痛いのは止まっちゃったんだけど。さあ、どうぞ」

紫猿の返事は華やかだった。

入ってきた医者は秀夫を認めると一寸《ちよつと》妙な顔をしたが、すぐ黙殺して紫猿と話しだした。

「腕がどうかしたそうですね。また大げさに騒いだんでしょう」

「だって骨がどうかなっちゃったかと思うように痛かったのよ。中風かと思ったし」

「骨が痛くて中風ですか。それじゃ頭痛で胃癌かと思うわけだ」

「だって四十肩、五十腕って云うから、それかと思ったのよ」

「あなたが年をとるものですか」

紫猿は少女のような明るい笑い声をたてた。

「嬉しいことを云って下さる。だから先生は大好きなの。お医者さまに年はとらない体だって云って貰えば大磐石《ばんじゃく》だわ」

秀夫は、ようやく吾に返って部屋の外へ出た。盆の上に湯を入れた洗面器をのせて歩いてきた里子とすれ違ったが、互いに顔は背けていた。もうこの家にはいられないな、と秀夫は思った。


その日から秀夫は下宿探しを始めて三日後には紫猿の家を出たのだ。正常な学生生活に戻って、卒論と取組むころ、思い出す紫猿との交渉は悪酔いした後の追憶に似ていた。決して青春に相応《ふさわ》しい一頁《ページ》ではなかったという反省と、そう自戒することによってあの隠微な世界には戻るまいとする決意があった。新聞の芸能欄や雑誌のグラビヤなどで紫猿の消息を聞くことがあったが、彼女がそれから間もなく若い舞踊家と結婚したと知っても、その男と数年後には別れたと知っても、秀夫にその頃は既に感想らしい感想も湧かなくなっていた。

もう何の絆も途切れて、再び看《まみ》える機会など無いものと思っていた紫猿に、一本の電話でたちまち引戻されてしまったかと思うと、秀夫は彼女が深紅《しんこう》の袂をひるがえして鐘の縁に手をかけては落ち、悶え狂う舞いぶりを見守りながら、ようやく吐息が出ていた。それは激しい踊りだった。

これは過ぎにし言の葉の、
ああ夜昼となき苦しみは、
無間の鐘の恐ろしや。
苦しむ苦艱《くげん》近づきて、苦しむ苦艱近づきて、
来世は六つの攻鼓《せめつづみ》打とうよ、
五つ鼓は偽りの契仇《ちぎりあだ》なるつま琴の……。

踊っているのは紫猿の中の女の業だということが、おそらく秀夫ばかりでなく観客の誰にも迫るようだったに違いない。歌舞伎座の客席は全部が息を呑んで見詰めていた。なんという見事な衣裳効果だったろう。紅の袖の下でまろやかに張った乳房が息づき悶えているさまが、そのまま観客に伝わってくる。溢れる色気が、噎《む》せ返るようだった。
ようやく鐘に登って、竜頭の上で白い綱に紅い体を巻きつけた紫猿が、袂を振り立てて見得

を切ると、柝《き》が入って幕が降りた。が、しかし直《す》ぐには拍手が沸かなかった。人々は紫猿の凄艶な眼《まな》ざしに釘づけられていたからである。場内にぼんやり照明が射《さ》しこまれるようになって、人々はやっと我に返り、激しい拍子を送り始めた。

監事室の中では、誰も手を叩かなかった。専門家たちは完全に紫猿の技能に寄り切られた形だった。感想がすぐには言葉にならないのだろう。顔を見合わしても互いの敗色を感じてか苦笑している。

「いやはや凄い婆さんですなあ」

「若いねえ、毎度驚いちまう」

「梶川さん、こりゃ威張られても仕方がない」

「そういうことですな」

「しかし凄かった」

「いつまで娘形が続くかと思ってましたがね」

「一度山姥《やまんば》を踊らせてみたいですなあ」

梶川流の家元が振返って答えた。

「当人は老け役は一切受けつけません。死ぬまで娘形を続けるそうで」

「なるほど」

監事室を出てから、秀夫はほんの短い時間だけ迷った。このまま帰ろうか、楽屋へ顔を出すか。そして直ぐに決めた。いや決めたというよりも紫猿の緋の袂に招き寄せられるような心地だった。内心では童貞だったから離れられた、中年男だから又ぞろ寄る気を起したと、やはり苦笑しながら自分自身の変貌も感じていた。

舞台の横の大道具のハリボテが並んでいる暗い一隅を、秀夫は久しぶりで見廻しながら通り抜けた。白く塗り立てた紫猿の後について、こういうところに佇《たたず》んでいた自分の若い頃をまたしても思い出す。

楽屋には、人が群れていた。紫猿の弟子や女友だちが多く、男の姿は見つけ難かった。紫猿は鬘《かつら》をとり、鬘下の紫帽子を冠《かむ》ったまま、化粧《かお》したままで大柄な楽屋着に着かえ、鏡台前に坐って、楽屋見舞の客たちの熱っぽい讃辞《さんじ》を満足げにきいていた。鬢《びん》を張った鬘の下では恰度《ちょうど》ころあいの眉も眼も、そうして鬘を取ってからでは異様に眼ばかりが大きすぎ、頬の紅さも異様で、彼女には舞台の興奮がまだまだ去りやらぬげに見えた。あの終景の凄艶な眼だけが怒気を含んで楽屋に戻っても宙に浮いている感じだった。

その眼が、入口に立った秀夫を、最初訝《いぶか》しそうに見咎《みとが》め、やがてかっと瞠《みひら》いて、

「いやだ、秀ちゃん?」

と叫んだものだ。

肯《うなず》くと、

「よく来てくれたわね。見た?」

「うん」

「入ってよ、立ってないで。ちょっと秀ちゃんに座布団、座布団だよッ」

キンキンと声をはり上げて秀夫を白粉《おしろい》臭い部屋の中央に坐らせてしまった。

「踊りはどうだった?」

「良かったです」

紫猿は面白そうな眼をして秀夫の表情から彼の感想を読みとり、それですっかり安心したのか笑い出した。

「良かったですきり云えないの? ドン素人《じろうと》はこれだからがっかりよ」

「だって良かったもの」

「そうオ」

「若いなあ、昔とちっとも変らない」

「あれから何年たってるのよ」

「十六年でしょう」

「十六年で変ってない? だって秀ちゃん、あたし還暦なのよ、今年」

「そんなこと信じられないな」

紫猿はようやく全く満足したらしかった。ふ、ふ、ふ、と笑ってから、

「あたしは信じちゃうよ、秀ちゃんは変ったもの」

「そうですか」

「いやだねエ、デブデブ肥《ふと》っちゃってさ。なんてお腹《なか》してんのよ、まるで狸《たぬき》だわ。あの頃の秀ちゃんが、こうなろうとは思わなかったよ。里子、お前も眼がさめたろう?」

遠慮のない悪口を並べたてて、鏡台の横に控えていた弟子を省みた。

里子が、あの里子かと、秀夫は驚いて彼女を見た。眼も口許も昔通りで、それが落着いて微笑して、それからゆっくりと頭を下げた。あの頃は里子も二十歳前後だった筈だ。が十六年の歳月は彼女をすっかり変えてしまっていた。

「秀ちゃん、里子を覚えてるでしょ?」

紫猿は鏡に向き直って化粧落しにかかりながら、ときどき鏡の中に秀夫の存在を確かめながら話し出した。

「覚えてますよ、一緒に暮してたんだもの」

「あの頃、里子が秀ちゃんに惚れてたのは知ってた?」

秀夫は驚き直して、ちらっと里子の様子をうかがったが、里子は平然として鏡台前に蒸しタオルを並べていた。

「知らなかったろう?」

「知らなかった。惜しいことをした」

「心にもないこと云ってるよ。私にぞっこん参ってたくせに」

話をつまらなくした責任は自分にあると思ったが、紫猿の卑俗な口ぶりには抵抗を感じた。あの頃の思い出に、そうした言葉は使われたくなかった。だから秀夫は黙っていたのだが、紫猿の方では十六年前の思い出に浮かれ出したのだろう。

「秀ちゃんが居なくなったあとで、大変だったんだよ、この子」

「……」

「土岐さんを堕落させたのは御師匠《おしょ》さんですと泣いて私を責めるんだもの。前途有為な青年の前途をあやまらせるようなことをしていいんですかってさ。いくらあたしは秀ちゃんとなんでもなかったんだよって云ってもきかないんだから困っちゃったね。御師匠さんは悪い人です。鬼です、悪魔です、と金切り声あげてきめつけるんだよ、あたしは困っちまった。出て行っちまったものを、じゃどうしたらいいんだよって訊いたよね、里子」

「そうですか」

「そうですかはないだろ？　里子、そんなに好きだったのかって訊いたら、おいおい声あげて泣いたくせに。お前があたしに毒づいたのは後にも先にもあのときっきりだ」

「……」

「秀ちゃん」

「なんですか」

「おや、もう御機嫌ななめだよ。そういうところは昔とちっとも変らないねエ。あんた、幾つになったの？」

「もうじき四十ですよ」

「里子、聞いたかい？」

紫猿は笑い出して、その勢で掌にのばした化粧落しのクリームの中に顔をつけ、ぐいぐいとこすり始めた。白粉に、紅と墨が混って、紫猿の顔は忽ち泥色にまみれたが、里子のひろげて渡す蒸しタオルでそれを拭いとると、下からは蒼ざめた皮膚が現われ出た。痼性に、幾枚も幾枚ものタオルで、ごしごし乱暴に拭い上げると、やがて頬に赤みがさし、還暦などとは全く信じられない艶やかな肌に、ぱっちりとそれが特徴の大きな眼が輝いている。

「私が年とっても仕方がないね、秀ちゃんが四十ときちゃ。里子は亭主持って子供産んだんだし。まあ秀ちゃん、考えられるかい？　里子は四人の子持ちだよ。パカパカ産んだんだから呆れるだろ？　それでむくむく肥っちまってさ」

秀夫は、自分の息子がもう中学生だと云おうとして、変に話に対抗していると思われるような気がしたので止《や》めた。

鏡の中では紫猿が昔通りの厚化粧だったが、昔の水白粉は使わずに新式の化粧品を使って、眼の縁には青いシャドウを入れ、丁寧に眼ばりまで入れて、ひどくモダンな顔が次第に出来上っていた。紫帽子を取った下からは明るい藤色に染めたショートカットの髪が現われて、これはその日の秀夫を何より驚かせた。里子が櫛《くし》を持って紫猿の背後にまわり、逆毛を立てて髪型を整えている。

「いいよ、もうそれで」

紫猿は自分の櫛の先でちょいちょいと額ぎわを直してから、鏡台前に置いた小さな紙の箱を取上げ、中からキラキラ光る銀粉をつまみあげて自分の頭の上に散らした。

「どこへ出かけるんです、これから」

「久しぶりだから秀ちゃんと御飯でも食べようと思ってさ」

「……」

「何を見てるの？」

「それ、染めてるんですか」

「ああ、白髪がひどくなったからね。赤く染める日だってあるんだよ、流行だもの、驚くことはないだろ？　あたしは紫の猿なんだから、恰度いいじゃないか。みんな似合うって云うよ」

確かに似合っていた。紫猿自身には、たしかによなく似合っていたが、しかしそれはやはり人目を惹《ひ》く装いだった。古代紫に大柄な梶の葉を染抜いた小紋に、黄色い綸子《りんず》の羽織を着て、紫の髪に銀粉をきらめかせれば、それが若い娘であっても人は一応振返ってみる。一度振返ってみた人は、あらためて紫猿の年格好を推測して驚いたような、呆れたような視線をしばらくまじまじと投げてよこすのだった。

秀ちゃんは洋食が好きだったから、と紫猿が云い出し、里子と秀夫の三人連れで芝のフランス料理の店へ乗りつけたときは九時近かった。店は繁昌していて、紫猿が中央のテーブルへつくと、客たちは一斉に好奇の眼を注いできた。秀夫はなんともいいようのない恥ずかしさに襲われたが、紫猿は平然としているし、里子もごく当り前な顔をしているので、隅のテーブルへ移ろうと云い出しそびれた。

「秀ちゃんはビステキだろ？　ちゃんと覚えてるんだから。あたしはね」

紫猿はボーイを見上げて、まるで童女のような舌足らずの口調で、

「ふわふわのオムレツ」

若いボーイは紫猿の眼を受止めかねて必要以上に表情を堅くして問い返した。

「スフレ・オムレツでございますか」

「なんていうのかしらない。ふわふわのオムレツだよ」

「パンになさいますか、ライスにいたしましょうか」

「なんにもいらないの。ふわふわのオムレツだけ。ああ、それからリンゴすってきて」

「ジュースにいたしましょうか」

「違うよ、大根《だいこ》おろしでリンゴをすってくればいいのよ。分った？」

この凄まじい会話の間、秀夫は目のやりばに困っていたが、里子は全く平然としたままメニューを熱心に読んで自分の食べたいものを探している。秀夫も真似《まね》をしてメニューを展げたが、先《ま》ずその値段を見てびっくりしてしまった。大学を卒業後は平凡に商社に就職して、そのまま

順調に課長クラスまで出世している彼にとっては、このレストランはまず部長のお伴でも滅多に入ることのない店であった。何にするかきめかねていると、紫猿はさっさとボーイに向かって、この人には赤い葡萄酒とサロイヤン・ステーキをと注文していた。千五百円のステーキ。秀夫はあらためて紫猿の生活の経済的な裏付けについて考えてみた。

その点は全く謎に包まれていた。秀夫が彼女の家に止宿していた頃は、終戦から三年もたたず、日本中が混沌としている頃であったから、進駐軍慰安の舞台だけで派手な暮しができていたのかどうかは分らないのも無理はなかったが、しかしあの頃でさえ紫猿の家では金はどこからか湧いて出て、そしてどこか分らずに消えて行くふしがあった。六十歳になった紫猿が夫もなく、稼ぎ手の子供があるわけもなくて、一文の儲《もう》けにもならない舞踊会に出たり、こうして高級レストランに出入りしたりできるのは、どういうわけなのか。秀夫にはさっぱり分らない。

「相変らずですね、先生は」

「何が?」

「ろくに食べないじゃないですか」

「ああ、でも卵料理があたしの若さの源なんだよ。こんな滋養のあるものはないのさ」

滋養などという古い言葉が、紫猿にはいかにもぴたりとしていて、いくら若く見せても紫猿は決して真正若くは見えていないのだった。盛大にふくれ上ったスフレ・オムレツを三分の一ほど残してから、紫猿はよいしょと椅子の上に草履をぬいで上り、畳の上のように坐り直した。

「それも昔とおんなじだ」

「しようがないよ、子供のときからこうして御飯食べて来たんだもの」

「アーニイパイルの食堂で、先生が坐り直す度にアメリカ兵が仰天してましたね」

「面白かったわねえ。近頃じゃ若い娘があの通りの顔をするよ」

話しながらふと気がつくと、紫猿の右手は左の袖口から中へ入って、どうやら左腕を揉んでいるらしい。癖なのだろうかと思いながら、秀夫はつい話題をそちらへ移した。

「腕はその後痛みませんか？」

紫猿が、眼を大きく瞠いて驚いたので、秀夫は却ってどぎまぎした。

「ほら、急に腕が痛み出して大騒ぎになったことがあったじゃありませんか」

そのあと布団の中に引込まれて唇をあわしたのが、秀夫にとっては最初の女の唇だった。それでなくても、強烈な忘れられない記憶が繋がるものとして、秀夫には印象深い出来事だったが、紫猿の方では忘れていたらしい。

「秀ちゃんのいた頃から、あたし腕が痛かったのかしら……」

「今でも痛むんですか」

「年に一度ぐらいひっつれちゃうのよ。冷やすといけないらしいの。いやだわ、そうオ？　あたしあの頃から腕が痛いって云っていた……？」

秀夫はそっと里子の表情を窺ったが、里子は明らかにあの日の情景を思い出しているらしく、素知らぬふりを装っている。彼女の前には車海老のクリーム煮が置かれていた。彼女は右手にフォークを持って緩慢な動作でそれを口に運んでいた。その都度白いクリームが唇の端に滲《にじ》み出る。里子は左手にはハンカチを折畳んだまま持っていて、一口ごとに唇の端を押えていた。没個性的な温和《おとな》しいばかりの少女だったが、こうしてやはりどことなって目立たない女になっている里子を見ると、秀夫の出て行ったあとで紫猿を非難したという話も、どうも本当とは思えないようでもあり、落着いて食べている里子が、もしそんな激しさを持っているのなら、紫猿とはまた違った気味の悪さだとも思う。

秀夫と紫猿は味の渋い赤葡萄酒を飲んでいたが、里子は魚向きに白葡萄酒を取っていて、クリームの合の手に水がわりのように喉へ流しこみ、たちまち小罎《こびん》一本を空にしてしまった。紫猿は一杯の半分でもう眼のふちを染めていたが、

「秀ちゃん、あんたそんなものじゃ不足だろ？　ウイスキーでも頼もうか」

と、秀夫には飲ませたがった。

贅沢《ぜいたく》なレストランで、食堂の外側にはバアがあり、ソファの用意もあった。食後、三人は座を移してまた一飲みしたが、紫猿が飲まないものだから秀夫はまた居具合の悪い思いをしなければならなかった。

「帰りましょうか。もう晩《おそ》いですよ」

「十一時なんて、あたしたちには宵の口だよ」

「僕は九時には会社へ出なきゃなりませんからね」

「興のさめることを云うものじゃない。プラトニックの間柄だろ、水臭いよ。何をびっくりしているの？　あたしだってプラトニックぐらいの英語は知ってるよ」

　里子はバアへ来てからはハイボールを注文して、紫猿と秀夫が話している横で黙ったまま相変らず水のように飲んでいた。よほど強いのか、顔色も変らない。おかげで秀夫も一向に酔いがまわらなかった。

「あたしんちへ来ない？　その方が落着いて飲めるだろ？」

　紫猿がこう云い出したのをきっかけにして三人は腰をあげた。秀夫は紫猿の家へ出かける気力はなかったが、ともかくこの店を出るにはいい機会だった。里子がハイヤーを呼び、紫猿がまっ先に乗りこみ、助手台へ坐ろうとする秀夫を里子が強い力で引戻して紫猿の隣へ行かせた。後の座席に三人が詰めて坐ることになった。大型の車だったので窮屈というほどのことはなかったが、紫猿がぐったりと秀夫に身を寄せて、

「いいねエ、プラトニックてのは、本当に」

などと云い出したものだから、秀夫は少なからず辟易《へきえき》した。還暦という紫猿の年齢にこだわっているのではなく、そういう紫猿の声や、よせかけてくる体のなま温かさに、秀夫は吾にもなくふらふらと昔の秀夫に戻りかけ、その都度左隣にいる里子を意識して吾に返っていた。

「秀ちゃん」

「え？」

「揉んでよ、これ」

紫猿が肩からずり寄って秀夫の膝に左手を投げて寄越した。迷っていると、里子がそっと秀夫の背中に手を入れて押してきた。揉んであげてくれろというサインに違いなかった。膝の上でもうじれている紫猿の腕を、秀夫は取上げると肩から揉み始めた。

「おお、いい気持」

紫猿が眼を細めているのが分る。秀夫は、しかしこれが六十嫗《おうな》の腕だろうかと驚いていた。柔らかい。温かい。すべすべしてしなやかな肌は、昔通り秀夫の掌に吸いついてくるようだった。

「足は痛みませんか」

「痛むよオ。一日おきに電気の先生に通ってるのよ。それからドイツの機械あててんの、自分でね。あれはよく効くよ、里子」

どうやらドイツの機械というのは里子からの贈りものらしかった。

芝から下谷《したや》の紫猿の家まで、秀夫はずっと彼女の腕を揉み続けた。紫猿は殆ど黙っていたが、何を考えているのか不思議なほど明瞭に秀夫には伝わってくる。それは先刻、彼女が口に出したと同じ言葉だった。プラトニックってのは、いいものだよ……。おそらく彼女の生涯を通じて交渉のあった男たちとは、秀夫は到底同列に並ぶことのない存在だったのだろう。

車がスピードを出すと紫猿が嫌がるので、彼女の家に着いたときは、もうすっかり夜も更けていた。

「上らないのかい？」

紫猿も悪くは引止めなかった。

「それじゃ二人でお帰りよ。秀ちゃんは里子もプラトニックだからね」

口三味線《くちじゃみせん》ではしゃぎ立てて、紫猿は女中の迎える家の中に消えた。焼け残った昔のままの家は、あの頃は立派に見えたものだが、近頃のように新しい建築物の並んだ東京の街中では、古ぼけて見すぼらしかった。玄関の戸がガラガラと閉ると、残された二人は、声もなく車の中に戻った。

そこから里子の家は市ケ谷で、西大久保の秀夫の家を終点にすることになった。

「土岐さん」

しばらくして、里子が話しかけてきた。

「え？」

「御師匠さんのところへ、ちょくちょく訪ねてあげて下さい。お願いします」

「……」

「淋しいんですよ、新しいお弟子は取りたがらないし、古い弟子はそれぞれ独立してますから思うようにならないし、何より御師匠さんが嫌なのは、前ほど……男が寄って来ないでしょう？」

「……」

「私は嫉妬《やきもち》やきで、昔は御師匠さんの男狂いを見る度に内心で腹を立ててました。私が男だったら、あんな男なんかに渡しゃしないと思ったものです。どんな男も、みんないやらしく見えて、嫌でした。自分がどうして男に生れなかったのかと、それが口惜しくて、土岐さんにも嫉妬いていました。私が土岐さんだったら、刃物突きつけたって御師匠さんを自分のものにしていますわ」

秀夫は驚いて里子の横顔を見た。暗い車の中で、頬に一筋白い光が流れている。酔っているのだろうか、と秀夫は思った。

「面白いものですねえ。そんな私が結婚して主人一人を守って暮しているんですから。それでも御師匠さんは、人に渡したくないんですよ。自分も家庭持ってるのに、御師匠さんが男を取替える度にいらいらしていましたわ。それを知ってて御師匠さんは面白がって、どの男との一部始終も私に話してきかせるんです。その度に私が怒ったり泣いたりするものですから、誰に話すより張り合いがあったんでしょうね」

静かな声だったが、かなりの早口で、

「そりゃ、なんでも話すんですよ。……どんなことでも。私が嫌がっても、体を羽がいじめして耳に口を当てて喋るんです。土岐さんがいらした頃だって、そうだったんですよ。おかげで私は頭の中だけでは随分淫乱な女になってましたわ」

「……」

「だから、どんなことが起っても驚くもんじゃないと思ってました。私に男が云いよってきたら、思いきり慰みものにしてやろうと思ってました。でも、駄目でしたねえ。私、見たのは、あれが初めてだったんです。御師匠さんが土岐さんを抱きこんで接吻《せっぷん》したでしょう？　私、すっかり駄目になっちゃって……。そんな私に、どうして世間普通の結婚が出来たんだか、不思議ですわ」

「……」

「土岐さん」

振向くと、里子の両眼から涙が噴き出ていた。

「御師匠さんは今、もう何の話もしなくなっているんですよ」

「……」

「御師匠さんは、あんな気性ですから昔話が大嫌いなんです。その分愚痴もありません。喋るのは今の話だけ。今夜は随分めずらしいんです」

「……」

「ねえ土岐さん、御師匠さんは今はもう喋って私を嫌がらせる種がなんにもないんですよ。分りますか、分りますか、土岐さん。この淋しさが分りますか」

紫猿が淋しいというのか、里子自身が淋しいのか、そこが混乱してよく分らなかったけれども、他に分ったものといえば受止めかねるような無気味さだけだった。

「分ることは分りますがねえ……」

云いかけると里子はすぐまた先を取って、

「分ったら、行ってあげて下さい、お願いします」

「いったい僕が何の役に立つというんです」

「御師匠さんは浮気女だと云われてるようですけど、惚れ方が潔《いさぎよ》いので、それで目立ったんでしょう。一つ一つどの男にも心残りはない筈なんです。みんな燃えつきてから別れてるんですから。だから今になって逢いたい人なんて居ないんですよ。でも、土岐さんだけは別なの。なんにも巻きつけないうちに逃げられちゃったんだから」

「いやだな、そんな云い方をされるのは」

思わず口調が激しかったので、それきり里子は口を噤《つぐ》んだ。気まずい沈黙が流れて、息苦しくなってきた頃、車は里子の家の前に止まっていた。かなり大きな料亭だったのには驚かされた。こういうものの経営者に納っているから、比較的自由に豊かに紫猿と付き合って行けるのだろうと合点できた。

「立派なお店ですね」

「有難う存じます。会社の御宴会などに御利用下さいませんか」

そういう挨拶にはもう押しも押されもしない女将《おかみ》の貫禄があった。

車を降りてから、

「ちょっとお待ち下さい」

出迎えた女中に耳打ちして、ハイヤーの券を持って来させると、運転手に素早く渡した。サラリーマンの秀夫に支払わせまいとする配慮が、いかにも料亭の女将らしく、しかも嫌味がなかった。こんなところに店の繁昌する原因があったのだろう。

「土岐さん、御師匠さんのこと、お願いします」

車が動き出すと、ぴしゃっと云って頭を下げたところは、踊りで習っただけに間《ま》も形もきまって見事だった。しかし送り出された形の秀夫の方は、心が一向にきまらず、坐り心地の悪い席についたときのような落着かなさがあった。

紫猿とは、しばらくそれきりになった。里子の云ってることは分ったとはいうものの、分ればば分っただけ薄気味悪くて近寄れたものではなかった。しかし、その分、紫猿の存在が新しい気懸りになったのも事実で、仕事の合間などに煙草《たばこ》をくゆらせながら様々な紫猿を折りふし思い出した。それは舞台で娘の姿で踊る紫猿であり、真紅《しんく》の衣裳で狂い舞う紫猿であり、鬘をとっただけの眼も口も異様に大きい紫猿であったり、紫色の髪を逆立てている厚化粧の紫猿であったりした。紫猿の私生活を訪れる勇気はなかったが、秋のむらさき会という紫猿門下を集めた大会にはどんなことがあっても出かけるつもりだった。あの無限道成寺なら幾度でも見たかった。深紅の袖を振りたてながら鐘のまわりを駆け廻り、爪たててよじ登った舞台姿は忘れられない。

紫猿の方からもずっと音沙汰がなかったが、夏の終りごろまた突然のように電話がかかった。

「暑いねえ」

いきなりこう云って、秀夫の挨拶も待たず、秀夫の無沙汰もなじらずに、

「こう暑くっちゃ秀ちゃんだって食欲ないだろ？　いけないいよ。何かおいしいものでも食べに行こうよ。あ、だけど冷房のあるところは駄目なんだよ。うん、手にも足にもよくないからね。どうだい、里子の店で一杯やらない？　日本酒ならあたしも大分いけるようになってるんだよ。里子は、あんた、あれはうわばみだよ。いくらでも際限なく飲めるんだからね」

ひどく陽気にはしゃいでいた。

だが秀夫の方は、そのつい二十分ばかり前に家から電話のあったところで、二番目の子供が近所の子供と遊んでいるうちに、玩具《おもちゃ》のピストルが発火して、喉から肩へ火傷《やけど》をしたというのだ。紫猿の電話は退社時刻ぎりぎりに帰り支度をしているところへかかってきたのだった。

事情を話して断わると、紫猿はたちまち我儘者の地金をあらわにして不機嫌な声になり、

「へええ、そうオ。あんたはいいお父さんなんだねえ」

まるで興醒《きょうざ》めしたという調子で云い、素気なく電話を切った。さぞ心配だろうという挨拶もなければ、お大事に、でもない。秀夫は苦笑して昔のままだと呟いたが、それほど気分は害し

ていなかった。そんな余裕もなく家へ飛んで帰ったのだ。

子供の火傷はしかし大したことはなく、医者は痛みよりショックの方の手当をして帰った。親たちも動転していて、思ったほどのことはなかったので胸をなでおろしながらも、しばらくは人心地つかなかった。秀夫は紫猿の方へ自分から電話をかけることは、ついぞ思いつかなかった。

それでも秋に入って新聞の芸能欄などでぽつぽつ舞踊界の消息を見る頃になると、十一月の末と云っていた紫猿のむらさき会を思い出し、また見る無限道成寺を楽しみにするようになっていた。

十一月に入ると、突然、今度は里子から電話がかかった。

「土岐さんでいらっしゃいます?」

「そうですよ」

「大変です。御師匠さんが、御師匠さんが……」

あの里子が慌てているのだから、これは一大事に違いなかった。不吉な予感が秀夫の脳裏をよぎった。

「先生が、どうしたんです」

「腕を、腕を」

「え?　腕がどうかしたんですか」

「腕の骨を折ったんですよ。腫れ上って、大変なんです」

「どうしてまた」

「お話はいらして頂いてから。すぐいらして下さい。お迎え出しますから」

「すぐは無理ですよ。今日は会議があって」

「お願いです、土岐さん、今日は会社早退して下さい」

「そんな無茶な。腕を折っただけでしょう？　命に別条あるわけでもないのに」

「いのちに？」

鸚鵡《おうむ》返しに里子は大声を出した。

「土岐さん」

「はあ」

「舞踊家が腕を折れば生命《いのち》に響きますよ。まして今の御師匠さんにとって踊りがどんなものだか、お分りになりませんか」

「……」

「いいえ、分って下さい。御師匠さんを助けると思って、すぐいらして下さい」

「どこにいるんです、先生は」

「下谷です」

迎えをくれなくても、必ず行くからと答えて秀夫は電話を切った。里子の見幕には全く恐れ入ってしまった。云うことは正論で一言もなかったが、しかし秀夫には里子が考えているほどの大事件とはどうしても思えなかった。年寄りの骨折は癒《なお》り難いという常識は知っていたけれども、そしていつかも車の中で揉まされたあの腕が折れたのかと思えば秀夫に感慨がないわけではなかったけれども、一人の男に仕事を放り出して出て来いと云えるだけの大事件かどうかと思うのだった。紫猿の身勝手には苦笑しても、里子が威丈高になって秀夫に命令めいた口をきくのは許せなかった。

それでも気になることは気になって、会議が終ると秀夫は飛出してタクシーを拾った。先刻の電話から三時間ばかりの間に里子への反感が薄れて、すっかり紫猿だけを案じるようになっている。十六年前に、腕がつれたといって鏡台の前で正体を失っていた紫猿が思い出された。どうして腕を折ったのだろう。何かが落ちて来たのか、交通事故か。あるいは前のような発作が急に起って腕が自分でポキリと……、まさか。どう心配しても腕を折ったことへの実感が湧いて来ないのを、秀夫は我ながら里子になじられても仕方のない不人情だと思ってしまう。

紫猿の家の玄関をがらりと開けると、三和土《たたき》には女ものの草履がずらりと並んでいた。脱いだ者たちはそれぞれ揃えてから上ったのだろうが、敷台より遠く脱いだものが飛石のように踏んで上るものだから、どの一足も様悪く乱れていて、秀夫は嫌な感じがした。履物は一足か二足が敷台の下に行儀よく並んだところは仄かに色っぽいものだが、こう十足以上もがいぎたなく脱ぎ捨てられているのを見ると、ようやく薄らいできた里子への反感が、あっという間に呼

び戻されてしまって、かといって此処《ここ》から今更引返すわけにもいかず、秀夫はやれやれという気持で、

「ごめん下さい」

けだるい声をかけた。

「はい」

出て来たのは派手な和服姿の若い娘で、玄関先に膝はついたが、秀夫が何者か判断できかねたような妙な顔をしている。

「土岐です」

「はあ、ドキさまでいらっしゃいますか」

「お見舞にうかがいました。里子さんはいますか？」

「里子さん？」

「先生に云って下さい、土岐です」

秀夫の不機嫌に驚いて、娘は駆けこむように奥に入った。この家に自分がいた頃、里子はあのくらいの娘だった、と、ようやく秀夫が自分で機嫌を直した頃になって、里子が出て来た。

「よくいらして下さいました。御師匠さんはお待ちかねです」

「工合はどうです」

「ええ」

里子は秀夫の質問には答えず、先に立って紫猿の居間の襖《ふすま》を開いた。

紫猿はまるでベッドのように腰の高い夜具の中に寝ていた。おそらくゴム製のマットレスを敷いた上に敷布団を重ねているのだろうが、白いシーツと朱色に大きな立涌《たちわく》模様の掛布団が、昔よりもっと華やかな色合いに見えた。部屋には誰もいなくて、家の中は先刻の玄関の履物の数からは信じられないほど静まり返っていた。

「御師匠さん、土岐さんが見えて下さいましたよ」

紫猿の首が、かすかに動いたが向うを向いたままで返事がない。

「どうしたんです」

紫猿に問いかけたが、眼では里子に問いかけた。里子も目顔で、禁猿の顔の向いている側に行けと合図する。

「どうしたんです、怪我《けが》ですか」

顔を掛布団の衿《えり》にうずめている紫猿の顔をのぞきこむようにしながら、できるだけ口調は気楽に云った。

「怪我じゃないよ。折っちまったんだよ」

小さな声だったが、怒ったように紫猿が答えた。里子がほっとしたらしく、秀夫に丁寧に会釈して消えた。お願いします、という意味らしい。

「どこを折ったんです」

紫猿は右手で掛布団をはねて見せた。左手が肘から指先まで白い繃帯でぐるぐる巻きになっている。

「手首ンとこだよ」

「どうして折ったんです」

紫猿はじっと秀夫を見て、

「踊ってたんだよ、道成寺を」

「ああ、無限道成寺ですか」

「そう、むらさき会に出すつもりでね。踊ってて、とんと手をついたはずみにパンと折れちまったんだよ」

「どうして、また」

「分らないよ。子供の頃から何千回、何万回となく、そんな手はつかってきたんだからね、同じことやって折れたんだから……」

話の間中、紫猿の視線は秀夫を見据えたまま動かなかったが、このときみるみる涙が紫猿の眼の奥から湧き上ってきた。

「私も、これでお終《しま》いさ。踊り子が踊りで腕を折るなんて、みっともなくて人に云えやしない。自分で振りが気に入らなくて叩き折ったというなら兎も角」

涙は両眼の目尻からだらだらと下に伝い落ちて枕を濡らしていた。

里子が盆に茶をのせて運んできたが、そっと秀夫の反対側に坐ってしまった。紫猿をはさんで向きあうような形になった。

「医者はなんと云ったんです？」

紫猿と里子の半々に問いかけると、

「お医者さまは、必ず元通りにしてあげますって明言なすったのですよ。○○病院の博士の先生です」

里子が答えた。博士の先生という云い方をしたところをみると、里子の紹介で診てもらったのに違いなかった。

「手首を折っただけで、随分大げさな繃帯ですね」

「だって秀ちゃん、腕一本全部腫れあがっちゃったんだよ。紫色になっちゃって、この繃帯をとってみせたら、秀ちゃんだってもう駄目だと思うに違いないよ」

紫猿の喋り方は声が大きくてばらがきで、その元気なのにまず人は圧倒されるものだったのだが、今日の紫猿はまるで人が違ったようにか細い涙声だった。

「痛みますか」

「うん、大きな声出しても痛い。こうしてても芯のところがずきずきして、そりゃ痛い」

「どのくらいかかるって云いましたか？」

里子に訊くと、

「六週間で完全に元通りにしてあげますって先生が仰言《おつしや》って下さったんですよ」

秀夫は笑いながら、紫猿の顔を見た。

「それなら何も泣くことはないでしょう？　六週間なんて、すぐたってしまうよ」

「駄目ですよ」

「何が駄目なんです」

「私は知ってるんだ、もう私は踊れないんだよ」

「そんな馬鹿な。元通りになれば踊れるんでしょう、里子さん」

「ええ、踊れますって先生が」

「なら、医者の云うことは信用した方がいいですよ」

「私は惚れた男の云うことしか信じないんだよ。これまでもずっとそうして来たんだもの、今になって何の縁もない医者の云うことなんか」

秀夫は噴き出しかけて里子の顔をみると、里子はひどく神妙に紫猿の言葉を肯きながら聴いている。

「御師匠さん」

「……」

「土岐さんは癒ると思ってらっしゃいますよ。ねえ、土岐さん。あなたは必ず腕が元通りになると思ってますよねえ」

「何を云ってるんだよ、里子。秀ちゃんだって縁がないということじゃ茂田先生と変りゃしないよ。プラトニックなんてものは、お前さん、キッス一つ……」

云いかけて紫猿は口を噤んだ。腕がいたんだのではなく、忘れていたことが急に甦ったからに違いなかった。紫猿の眼が一瞬乾いて大きく瞠き、そこからまた涙を溢れさせた。

　里子が音もなく立って、廊下へ消えた。

「秀ちゃん」

「……」

「私はねえ、この年まで生きてるつもりはなかったんですよ。生きるは恥多しと知ってたからねえ。それが生きちまって、腕を折って、もうこれからは生きても骸《むくろ》と同じだよ。秀ちゃんに、こんなところを見せちまって……。あんた、私が好きだったろう？　ねえ、お云いよ、好きだったことがあったよねえ」

「うん」

「あのままで良かったのにねえ。あんたが飛出して行ったきり、会わずにおけば、どっちの想い出もあれきりのものだったのに、里子がよけいなことを云い出すものだから、私もいい年して山っ気が出て、ちっとも年とってないってとこ見せたくなっちゃったんだよ」

「……」

「秀ちゃん、あたしの道成寺、若かったろう？　ねエ、若かったって云って」

「うん、若かった。娘のようだった」

「惚れたかい？」

「……うん。前のこと、みんな思い出した」

「馬鹿だねえ」

紫猿は、まただらしなく涙を流し始めた。滂沱《ぼうだ》として両耳の上に伝い落ちるのを、拭きもやらず、瞬くでもなく、紫猿は痴呆《ちほう》したように声もたてずに泣いていた。紫色の髪は乱れ、電灯の光の下で毛根の銀がチカチカと光る。厚化粧がまだらに剝げ落ちていたが、むき出した顔には老醜はなく、思いがけぬ童女の素顔がのぞいていた。眼のふちの皺や、小鼻の殺《そ》げた細い鼻、薄くなった頤、それらは将《まさ》しく老人のものであったが、不思議なことに秀夫には次第にそれが幼な児の泣いている態《さま》と変るところがないように思えてきた。紅のささくれた唇が、あどけない童女のように半ば開いて、泣いている喉と揃ってひくひくと幽《かす》かに痙攣《けいれん》しているのを見ているうちに、秀夫の膝は別の生きもののように逡《ため》らいもなく紫猿の傍《そば》に近寄っていた。

「馬鹿ってことはないよ」

秀夫はハンカチで、紫猿の眼を抑え、丁寧に涙を拭いてやった。

「馬鹿だよオ」

「そんなことはないったら」

ぐいと秀夫の腕が紫猿の枕の下に入ると、うッという低い呻き声が紫猿の喉から洩《も》れたが、それはすぐ秀夫の唇に掩《おお》われていた。紫猿の唇は急に熱を帯びて秀夫の口の中で紅く花ひらいたかと思えた。無事な右腕が、秀夫の背から肩をしっかりと摑んで体のまま離れまいとしている。唇はそれよりもっと必死で、秀夫からありとあるものを吸い尽そうとしていた。その唇の求めているものは、秀夫の持つものよりも大きく、秀夫の与え得るものよりも多いのであったが、秀夫は恍惚の中でそれを感じながらも、激しく彼もまた紫猿の体から若さを吸いあげることに懸命だった。紫猿は、あえぎ、うめき、すすり泣きながら、秀夫もいつか呼吸を乱していた。

「う、痛い……」

痛いという言葉が、彼をむざと現実に引戻していた。

紫猿は、左腕に激痛を覚えたらしく、唇を曲げ、顔を顰《しか》め、体を海老のようによじりながら悶えていた。

「大丈夫ですか、先生」

「だ、だいじょぶ……」

紫猿も、秀夫も、ここへ今、他人を呼びこみたくなかったのだが、よほど痛みが激しいらしいのと、秀夫が吾になく乱暴なことをしてしまったという反省とで、狼狽していた。秀夫は立上ると、人を呼ぼうとして障子を開けた。そして、あっと立ちすくんだ。

廊下の向うに、里子が端座していた。それは舞台の脇役が、シテの動く間じっと体を硬直させて、シテの邪魔にならないように、しかし全身の神経は張りつめて、シテの一挙手一投足にも心は阿吽《あうん》の呼吸で応えているといった姿であった。祈るとも見え、死んでいるとも見え、しかし構えは苔《こけ》むした岩石のように、どんなことに出会《でくわ》しても小揺ぎもしない重みがあった。

立ちつくしている秀夫を、里子は落着いて見上げた。それからゆっくりと頭を下げた。

里子が立って部屋に入るのを見届けてから、秀夫は廊下を踏み鳴らして玄関へ出た。敷台の下には、彼の靴が石の上に一足揃えられている他は、二足ほどの草履が隅にひっそり並んだだけで、先刻たしかに見た多人数の履物は掻《か》き消したようになくなっていた。これもまた里子の作為ではなかったろうか、と秀夫は思った。たった今の出来事が、みんな里子の操るままに行われたこととしか思えなかった。里子が秀夫を呼び寄せたように、紫猿を泣かせたのも、紫猿に彼を再び酔わせたのも、総《すべ》てが里子の演出であったように、今となってはそうとしか考えられないのだ。だがいったい何のために里子はそれをしたのだろう。落胆し挫折しようとしている師の生命のために、弟子の一念で秀夫を呼んだのか。あるいは、片想いに終った初恋の腹癒せに、秀夫に一番ひどい役を振当てたのか。

玄関の戸を開けると、出合い頭にぶつかりかけたのは武だった。

「やあ」

「……土岐君ですね。すみません、わざわざ。しかし久しぶりだなあ」

武は思いがけない顔を見て、驚き、あわてて母親の見舞の礼を云い、それから懐しさを覚えたという順らしい。

「大変ですね」

「全くですよ。会は目と鼻の先ですからね、会主が踊れないとなったらコトなんですよ。高い切符にしてありますからね。お弟子さんたちの踊りだけで千五百円は困るでしょう。おかげで僕までかり出されて、家元のところへ相談に行って来たところですよ」

「ははあ」

そういう大変も派生していたのかと、秀夫は間の抜けた相槌を打ってから、引止めようとする武を断わって、逃れるように夜の中へ飛出して行った。

それきり、もう誰からも何の電話もかからなかった。また来てくれと云われたところで出かけるつもりは絶対にないのだったが、何の沙汰もないとなると、あれだけの役目のために呼ばれたのかと、秀夫はひがまずにはいられなかった。しかし妙なもので、里子に対するこうした憤りがある一方で、それが強まれば強まるほど、紫猿には何の作為も感じられず、彼女を愛《いと》しみたい気持は生れていた。腕のことは、医者も癒ると云ったということだし、それほど心配はしていなかった。武は千五百円の切符がどうこう云っていたようだが、そんなことも秀夫にはまるで心配の種にはならず、ただ紫猿があの華やかな夜具の中で、じっと眼を閉じて静養しているようにと念じていた。彼女が、求めている若さが、その静かな床の中へ舞い戻ってくるようにとも念じていた。念じる——こんなことは、病院の一隅で、子供が生れるのを待った時以外では初めてのことだった。
十一月の下旬に入って、会社に速達が来た。「むらさき会」の招待券が二枚と、プログラムと案内状が入っていた。

菊香高き季節、皆々様御清栄にわたらせられますこととお慶《よろこ》び申上げます。おかげさまにて第三十五回の「むらさき会」も開催の運びになりました。つきましては、新作「無限道成寺」をお目にかけようと一年余それにかかりきって参りましたところ、この度不慮の事故にて左腕骨折いたしましたため上演不能と相成り、まことにまことに残念に存じおります。さりながら御贔屓《ひいき》さま方の御すすめもあり、この度は左に鬼の腕をすげかえて初役にて「茨《いばら》木《ぎ》」を勤めさせて頂くことになりました。生れて初めての老役《ふけ》にございます。本意なくも新境地を開拓いたすことになりましたので、いずれも様方の御鑑賞を賜りたく、御案内を差上げます次第にございます。

十一月吉日　　梶川紫猿

日本舞踊に関しては、秀夫には紫猿の許にいた頃の知識しかなかったので、女事務員の一人がどこかの流派の踊りの名取りになったばかりだと気がついて、さりげなく尋ねてみた。
「茨木っていうのは、どういう踊りかな、君、知ってる?」

「あら、渡辺の綱の話ですよ、御存知でしょう？」

「羅生門の鬼退治かい？」

「ええ。羅生門のあと、鬼が渡辺の綱の館へ鬼の腕を取戻しにくるんです。茨木というのは綱の乳母の名前で、鬼がそれに化けて綱をだまして館に入りこむんです」

「なるほどそれで鬼の腕か」

「どうなさったんですか、課長さんが急に踊りのことなんかお訊きになるなんて」

「むらさき会」の案内状を見せると、女の子は眼を輝かせた。

「わあ、凄い。家元の綱ですね。梶川紫猿が茨木をやるなんて、みものですよ」

「そうかね」

「だって左手は全然つかわずに踊るんです。五代目菊五郎が踊りこんだもので、すごく振りが難かしいんですよ。でも白塗りしかやらない主義の紫猿が、急にどうしたんでしょうねえ」

「左腕を折ったからさ」

「左が使えなくて踊れるものといったら茨木しかありませんものね。たいした思いつきだわ。どんなでしょうね、観てみたい」

「連れてってあげようか」

「本当ですか。嬉しいッ」

よほど嬉しいらしくて大声で喜ぶのには、部屋中の視線が集ったらしくて辟易したが、しばらくしてから与えられた知識を反芻《はんすう》してみると、なるほどなあとしみじみした感慨が起っていた。もう駄目だ、踊れないといって、滂沱として涙を流した紫猿が、左腕の回復を待ちきれずに踊るという。おそらくは「むらさき会」の会主として、自分が踊らないわけにはいかないという事情もあってのことだろうが、しかし秀夫には紫猿が待ちきれなかったのに違いないという確信があった。それは、紫猿がどうしても踊るのだと立上った足の下に、秀夫の存在があった筈だという確信でもあった。この踊りは、何は措《お》いても観なければならない。そう思った。

年にただ一度一日限りの紫猿会は歌舞伎座を借りて昼夜二部にわたって催される。紫猿自身は、あまり弟子をとるのが好きではないのだが、若い頃に紫猿の教えをうけた梶川流の名取りたちが、この会には自分の弟子たちを引連れて出演するので、「むらさき会」はいつも盛会だった。その他に他流の家元やスタアたちが客演するのでプログラムには、そういう錚々《そうそう》たる顔ぶれの写真が目白押しに並んでいた。連れてきた女の子は客席のあちこちを見渡しては、あ、彼処《あそこ》に誰が来ている。二階のどこに政治家の誰が来ていると落着かず、一々秀夫にその都度教えてうるさいくらいだった。

「いらっしゃいまし」

幕間《まくあい》に梶川流の揃いの紋服を着た女が一人、秀夫のすぐ傍に来て頭を下げた。里子だった。

「やあ」

「先日は有難うございました。おかげ様で御師匠さんもお元気になられて、踊ると仰言ったんでございますよ。まあ一時はどうなることかと思いました」

「そうですか」

「きっといらして下さると私は申してましたんですよ。御師匠さんがお待ちになると思いますから、茨木が終りましたら、どうぞ楽屋の方へお運び下さいまして」

慇懃《いんぎん》この上ない調子で云ってから、また頭を下げ、それから鮨《すし》や菓子の折詰を二人前分差出して、

「お嬢さまも、どうぞね」

秀夫の連れにこぼれるような愛想笑いを残して行ってしまった。

「お嬢さまなんて云われちゃった」

女の子はペロッと舌を出して笑ってから、

「課長さんはどういう御関係なんですか？　今のひとが御師匠さんと云っていたのは梶川紫猿のことなんでしょう？」

驚いている。

「あ、今のひと梶川里舟というんじゃありませんか。私たちが入ってきたとき、青海波《せいがいは》を踊っていた三人の中の一人ですよ」

「そうかもしれないね、里子という名前だから。ああ、それで向うは僕が来たのに気がついたんだな」

「……課長さんは、どうしてこういう人たちを知ってらっしゃるんです？」

不思議でならないという面持ちに、秀夫は言葉少なく紫猿の息子と友だちなのだと答えて口を封じた。訊かれるのはこの場合、迷惑だった。

場内はかなり空席が目立って、客席の中の通路は人通りが激しく、ざわざわと落着かなかった。だが最後の「茨木」が始まる前には子供の数がめっきり少なくなり、かわりに大人が客席を埋めつくしたように見えた。紫色に梶の葉模様の揃いの着物を着て浮かれまわっていた若い門弟たちも、急に神妙な顔になって、空席を見つけては腰を落着けて幕開きを待っている。流石に会主の貫禄は違ったものだった。

幕が上ると、定式通りの松羽目《まつばめ》の舞台で、頼光朝臣《あそん》の四天王の一人渡辺の源次綱が黒地の大きな素襖《すおう》に長袴《ながばかま》のいでたちで現われた。梶川流の家元梶川猿寿郎である。五十歳そこそこのでっぷりした体つきと大きな顔が綱としての押出し満点で、家元としても東京の舞踊界きっての妙手としても、仲々の貫禄であった。舞台も客席も充分に緊張して主役の登場を待つ。舞台の構えから、綱の伯母《おば》茨木が現われるのは花道と、不案内の秀夫にも分っていた。

かかる所へ津の国の、渡辺の里よりして、
遥々《はるばる》ここへ伯母御前《おばごぜ》が、
甥を尋ねて　如月《きさらぎ》の、

梅もいつしか色香失せ、片枝は朽ちて杖《つえ》突きの、
乃の字の姿恥ずかしく、笠に人目を忍びつつ、

揚幕の開く音がシャリッと聞えて、観客の眼は一斉に花道を振返った。そして秀夫は息を呑んだ。

一人の小柄な老婆が、銀色に光る白髪を背で束ね、壺折《つぼお》りの衣裳を着て、右に細い竹の杖を突きながら、そろりそろりと白足袋の爪先きで音もたてずに舞台に向かって歩み寄っている。そこには紫猿独特の舞台の華麗さも、日常の凄まじい覇気も何も感じられなかった。あの猛々《たけだけ》しさを体に巻きつけている人の、この老いぶりは何事だろう。こういうものを至芸と云うべきなのだろうか。肩も、腰も、脚も、それは将しく老婆のものであった。枯れ果てた、侘《わび》しさの極みのように老いた姿であった。左の袖口は胸の上に縫いとめて、右の杖持つ腕だけで、綱の館をたずね、断わられ、遠い日の綱を抱いて過した日々を舞い語る姿は、流石に舞踊の名手とは肯けたが、秀夫はただ切なかった。来るのではなかったという取返しのつかない後悔で胸が一杯に詰っていた。

昼は終日《ひねもす》肌に負い、夜は終夜《よもすがら》抱き寝して、
むずかる時はさまざまに

だましすかして出でもせぬ、乳房をふくませなんどして、
　身の老い行くも顧みず……。

上手《じょうず》と呼ばれるべき舞いぶりには違いなかった。しかし紫猿のこれまでの舞台には必ず見られた噎せかえるような熱い息吹きは少しも伝わって来なかった。おそらく秀夫を除く総ての観客は紫猿の至芸に満足していたのかもしれない。だが秀夫は酔えなかった。彼が嘗《かつ》て愛した紫猿も、つい先夜逢って唇を交した紫猿も、舞台には影も見えなかった。

紫猿はもともと小柄な女だったが、平生も実際より大きく迫力を持って見えたし、舞台で華麗な袂をひるがえして踊るときには一人で舞台一杯に溢れるように大きく見えた。それが、綱館では、紫猿はこんな小女だったのかと愕然とするほど小さく見えた。杖や笠を持って踊っているときはまだよかったが、能がかりの舞踊劇なので綱やその従者が舞うときには、茨木は人形のように体全体無表情で控えていなくてはならない。そうなると紫猿の体は一層縮かまって見えた。だいたい壺折りという衣裳は能で男が女になるために考案されたものなのだから、女が着るのはいろいろな点で不利なのである。白髪の鬘をかぶり、額にも頬にも茶墨で皺を描いてあるわりには顔は老けては見えなかったのだけれども、下膨れの頬が衣裳の衿の中にうずまってしまっているのも、全体のプロポーションを醜いものにしてしまう結果になっていた。要するに技術的には紫猿の舞に何の不備な点もなかったに違いないのだが、茨木はあくまでも彼

女の人《にん》ではなかったのであった。そうした理屈は秀夫の理解の外にあったが、しかし秀夫自身は正確に紫猿の舞台を受取っていた。来るのではなかった。こんな悲しい淋しい舞台を見るのなら、来るのではなかった。彼はうかうかと里子の誘いに釣られて来た自分を悔んだが、もう間に合わなかった。

舞台はクライマックスにさしかかり、伯母御前の茨木は綱が羅生門の次第を舞い語る間もちらちら鬼の性《さが》を覗かせていたが、やがて従者が唐櫃《からひつ》の蓋《ふた》をとって見せると、

傍へ摺《すりよ》寄り差《さし》のぞき、ためつすがめつやゝしばし打ちまもりて居たりしが、

次第次第に面色変り、

隙を窺い彼《か》の腕を取るよと見えしが忽ちに、

鬼神となって飛上れば……

がっと目尻裂いて眼を瞠き櫃の中を睨んだ瞬間、本性を現わしたのは伯母の茨木だけではなかった。残る右手で鬼の腕を摑みあげた紫猿は、足をあげて唐櫃を蹴倒すと、斬りつける従者の刀をさばいて、空中高く飛上ったのである。あの老婆のどこにこれだけの跳躍力をためていたかと思われるほど、勢よく、人間技とも思えぬほど高く宙に飛んで、鬼の腕を振りたて振りまわしながら、紫猿は渡辺の綱を舞台に取残したまま花道七三のすっぽんに妖気を噴きあげて

消えたのである。

それは鮮やかな一瞬の間の出来事であった。が、観客には強い強い感銘を残していた。舞台では梶川猿寿郎が刀を振りおろし、錦絵のような表情で有名な綱の見得を切っていたが、それに儀礼的な拍手を送りながら、人々は消え失せた紫猿の消えざまの見事さばかり思っていた。

秀夫は、ほっと一息つくと立上った。

「課長さん、楽屋へいらっしゃらないのですか？」

女の子が訊く。

「行かないよ。帰るんだ」

彼は言葉少なく答えたが、心の中では、そうだ帰れるのだ、と呟いていた。これで、やっと心おきなく帰れる。あの老いているだけの紫猿を終始見たのであったなら、とても椅子から立上る力はなかっただろうに、後味は頗《すこぶ》るいいのであった。紫猿も、おそらくあの瞬間、何かが吹っ切れたに違いないと思っていた。里子は気味の悪い慇懃な態度で楽屋へ来てほしいと云っていたが、紫猿はおそらくもう秀夫を必要とはしていまい、そう考えていた。

同じころ、楽屋では紫猿が身悶えしながら老婆の衣裳鬘を剝ぎ落させていた。

「ああッ、ああッ」

猛獣が吠《ほ》えるように、腹の底から不機嫌を声にして撒《ま》き散らしている。楽屋に挨拶に来た弟子たちは、その様子に恐れをなして、用意した褒め言葉も口にしかねていた。

「クリームだよ、早くッ」

鏡台の前に坐ると、鏡を見る顔は老女の化粧がいよいよ険しくなっていた。白髪の鬘を取ったあと、眼も口も裂けたように大きく醜かった。

「里子ッ、里子ッ。私は両手が使えないのが分らないのかいッ」

「はい」

「化粧《かお》を落すんだよッ。早くしてッ。こんな嫌な顔を、いつまであたしにさせとくつもりなんだいッ」

里子はクレンジング・クリームをたっぷり自分の両手にとると、一度掌を揉みあわせてから紫猿の背後に廻《まわ》り、鏡を見ながら紫猿の額、頬、鼻、頤と順次にクリームを塗りこみ始めた。たちまち油ぎった泥色に変じた顔を、紫猿は眼を閉じてもう見ようともしない。里子の手にすっかり任せて、今までの苛立《いらだ》ちをそうして鎮めようとしているのであった。

熱いタオルで泥が拭きとられると、初めて紫猿はほっとした表情になった。右手だけで平素の化粧を始めるときは、それでもまだ不機嫌の余韻がぶすぶすとくすぼっていて、

「御師匠さん、腕は痛みませんでした?」

里子が訊くのに、

「痛いにきまってるじゃないか。片腕だけの踊りだといったって、普通は丈夫な左手を蔵《しま》いこんで踊るんだからね。左の手首に力を入れて、それでバランス取って踊るんだからね。それが

力を入れるわけにもいかなきゃ、右手だけ動かしてたって神経は左まで響くんだもの。痛くない筈はないよ」

それでもぽんぽん云ううちに、気持の方が落着いて来ているのは、長年の間に里子のすっかり心得たところで、

「鬼になって飛上ったときはヒヤヒヤしたんですよ。大暴れなんですもの。どうなることかと思いましたわ」

「もうどうなってもかまわないと思ったのさ。こんな踊りは二度とやりたくない。蹠《あしのうら》は始終ぺたんと舞台にひっつけてなきゃならないし、膝で力抜いて、腰をぐいと入れてさ、どこも伸び伸びするところがないんだもの。鬼になる前は、私はこのまま死んじまうのかと思うようだったよ。いやだ、いやだ。ああ、いやだったよ、里子。お前が茨木がいいって云い出したんだね、ひどい目にあわせやがって、踊りが終ったら引摺りひんまわしてやろうと思ってたんだよ」

「まことに申訳ございません。でも、誰でも立派な茨木だって感心していらっしゃいました」

「ああ、立派なものなんだろうよ。だけど私は立派なんかにはちっともなりたかないんだ。一生皺は描かずに踊り抜くんだと云いはったのに、お前は師匠の悲願でも踏みにじってしまうんだから、心底おそろしい女だよ」

「どう仰言られても仕方がありませんわ。私が言い出したにしても、お家元も、新倉先生も、

皆さんがいい考えだとおっしゃって御師匠さんにおすすめになったのですから」

「みんなで寄ってたかって私をいじめたかったんだろ。あなたの腕が折れたのは踊りの神様が茨木を踊らせるために折ったんだ、なんて、新倉先生までうまいことを云ってさ」

鏡の中の紫猿の顔は、瞼《まぶた》から高頬《たかほお》にかけて常より紅の色が濃く、まるで顔全体が燃えたっているようだった。化粧もやはり両手を使わなければ微妙な色合いは出ないものなのかもしれない。しかし紫猿は鏡の中の顔に次第に自分で酔ってきているようであった。赤い顔を陶然として眺めていたが、やがて思いきってパフを摑みしめると、一面に白粉をはたき出した。それからガーゼで顔全体を押え、眉と睫毛《まつげ》の白粉を拭きとり、口紅を色濃くさすと、紫猿の顔は、妖艶に輝き始めた。

「あら」

鏡の中で紫猿は明るく眼を瞠《みは》り、急になまめかしい声をあげた。

「いやだわ茂田先生、いつからいらしてたの?」

「ずっとさっきからですよ」

「いやだ、ちっとも知らなかったわ。踊りもご覧になってたの?」

「拝見しました。飛上ったり蹴飛ばしたりしたときは、はらはらしましたよ」

「ちょっと昨日より痛くなったみたい」

「そりゃそうでしょう。踊るのはまだ無理なんだから」

「でも暴れてるときは、ちっとも痛くなかったわ。先生の顔みたとたんから痛くなったのよ」

「じゃあ、すぐ癒してあげましょう」

「あら」

小さなプラスティックの桶と魔法壜が用意してあるのに気がついた紫猿は、体ごと振向いて、もう一度眼を瞠った。

「さあ」

「はい」

左手を差出すと、医者は物なれた手つきで繃帯をはずした。薄い板が手首にはさんである。骨折したあと四、五日は色が変って腫れ上っていた腕も、もう見たところは右手と少しも違わなくなっていた。医者の手は紫猿の手首を宝物のように抱いて、そっと温湯の中に沈めた。

「ねえ先生」

「はあ」

「私の手、いつになったら完全に癒る?」

「年内で繃帯はずせますよ」

「お正月には踊れる?」

「うけあいますね」

「それじゃあ」

紫猿は医者の顔を下からなまめかしく見上げた。

「快気祝いのとき、先生いらしてね。盛大にやるつもりなの。多分、新橋演舞場でやることになると思うわ。道成寺を踊るのよ。見に来て下さる？」

「時間がゆるせばうかがいますよ」

「駄目。きっと来るって云わなきゃ、駄目」

人目も憚《はばか》らずに紫猿は医者に甘えていて、湯の中で軽く揉んでいる相手の掌に、左手をぶつけて、

「あつつ……」

顔をしかめた。

「そんなことしたら痛いにきまってるじゃありませんか」

「だってエ、先生ったらはっきりしないんだもの。来る？　来ない？　私の道成寺を見るの？　見るわね？　ね？　先生ってば」

紫猿の年齢を知っている医者は、周囲の眼を意識して、紫猿の傍若無人な媚態《びたい》を持て余していたが、全く彼女を忌避するところもないようなのは、すでに紫猿の魅力に囚《とら》えられていたからだろう。

「無限道成寺っていうのよ。新作だけど、いいいい、いれんな道成寺を集めて一つにしたのね。あたしだけしか踊れない踊りなのよ。先生にはどんなことがあっても見せたいの。それまでにどんなに

暴れても痛くないように癒してね？　ね？　先生ったら」

「必ず癒します」

「いやだあ、そんな兵隊さんみたいな顔してさア。茂田先生って、おかしなひと……」

湯の中で、若い医者の手に腕をゆだねて、紫猿は快げに屈託のない笑い声をあげた。

それから楽屋の中を見まわして、

「みんなも待っててよ。鬼の腕にすげかえたんだからね。茨木は二度と踊らないかわり、これからは前より若くなって、じゃんじゃん踊りまくるんだから。私について来るものしか相手にはしないいんだから」

上機嫌で喋りながら、ふと美容師も隅に控えているのに気がついた。鬘《かつら》で押えつけられた髪のセットとマニキュアのために、彼女の舞台の後では必ず来る習慣になっているのだ。

「あんた、やって頂だいよ。お湯につかってる間に頭のセットして。それから爪の色はね、今日は赤よ、まっ赤にしてよ。こっちの方も染めて頂だい。ねえ先生、いいでしょう？　鬼の腕だから、赤い爪が似合うと思うのよ」

紫猿は医者が彼女の若さに噎《む》せ返っているのを認めて、いかにも嬉しそうに華やかな声をあげて笑った。


（「小説新潮」一九六四年五月）

解題　多彩な作品世界

岡本和宜

有吉佐和子は一九五六年に「地唄」が文學界新人賞、芥川賞候補となり文壇に登場した。同年、新橋演舞場で歌舞伎「綾の鼓」、東横ホールで文楽「雪狐々姿湖《ゆきはこんこんすがたのみずうみ》」が上演、翌五七年には「白い扇」が直木賞候補となり、開局間もないテレビにレギュラー出演するなど、「才女」作家として八面六臂《ろっぴ》の活躍を見せた。その後も『華岡青洲の妻』『恍惚の人』『複合汚染』と、数々のベストセラーを世に出し、八四年に五三歳で急逝するまで流行作家として人気を博した。生前、代表作を収録した二度の選集が刊行されている。二十八年の作家活動中に二十六巻もの選集が出されていることが驚異的だ。が、全業績を網羅した全集は刊行されていないこともあり、初期の短編や戯曲、エッセイなど、単行本未収録の作品も多い。

本書は単行本未収録の短編を六編収録している。自身の身辺に取材した作品や中国古典を題材としたもの、着物の知識を存分に発揮した作品などバラエティに富んだ作品集となった。有吉の多彩な作品世界を感じられる収録ではないかと思う。

挿絵《さしえ》の女（「オール讀物」一四巻七号　一九五九年七月）

記憶喪失症を取材した女性編集者明子は、戦争で全ての過去を失った画工小柳に出会う。明子は小柳の描いた抒情的な少女の絵に魅力を感じ、小柳に無名作家増田の小説の挿絵を提案する。小柳の画風に合わせた増田の抒情的な作品は評判となり、二人は名声を得ていく。流行作家となった増田は明子に執着するが、明子は小柳に心を寄せ結婚する。プライドの高い増田は、小柳をモデルにした新聞小説で二人に復讐しようとする。増田の小説は反響を呼び、小柳夫妻はマスコミの取材に忙殺される。小柳の昔の恋人と名乗る手紙が次々と自宅に届くと、明子は小説の「挿絵の女」に嫉妬し、次第に心を病んでいく。小柳は過去とともにほとんど失っていった感情を取り戻し、自身の過去の残滓《ざんし》である「挿絵の女」ではなく、妻の明子を選ぶ。

癒えることのない戦争の傷跡を抱えながら、前向きに生きていこうとする小柳の姿は、後年の長編『針女《しんみょう》』の主人公・清子に通ずるものがある。また小柳夫妻がマスコミに翻弄される様は『ふるあめりかに袖はぬらさじ』を連想させる。なお、本文に言及のある「心の旅路」は一九四二年に公開された米国映画。ジェームズ・ヒルトンの小説を映画化したもので、第一次世界大戦で記憶喪失症になった英国陸軍大尉の数奇な運命を描いた作品である。

指輪（「小説新潮」一二巻九号　一九五八年七月）

後年の『開幕ベルは華やかに』（一九八二年）に先行する推理作品である。テレビの推理番組へ出演していることを理由に、慣れない推理小説の執筆を依頼され困惑する主人公。そのことを相談した友人から「小説のタネ」として婚約指輪を渡される。数日後、その友人の死を知らされ、期せずして遺品となった指輪から、友人の死の真相を探ることとなる。フィクションを中心とする有吉の作品では、自身を主人公とする本作は異色である（内容はもちろんフィクションであるが）。有吉はNHKテレビ「私だけが知っている」に探偵としてレギュラー出演（一九五七年一一月一〇日～五九年一一月）していた。共演は徳川夢声、江川宇礼雄《うれお》、池田弥三郎で、レギュラー探偵の推理と丁々発止が人気を博した。文中にある「S誌」は掲載誌「小説新潮」であり、実際に本作と松本清張の「巻頭句の女」が掲載されている。

指輪のイニシャルのトリックが推理の中心であるが、作品の主題は犯人の態度にある。法にふれないとは言え、友人を死に追い込んだトリックが見破られても意に介さず、自身の悪意を押し通して同様の行為を繰り返そうとする犯人の態度には慄然とさせられる。異色の推理小説として評価は高く、戦後推理小説を集めた『日本代表ミステリー選集8』（一九七六年一月　角川書店）に収録されている。

死んだ家（「文學界」一二巻五号　一九五八年五月）

政治家の未亡人花代の死期がせまり、旧家に集まった一族が財産や相続について話すなか、東京から娘政代の代理として孫娘紀美子が訪れる。病気で饒舌になった花代を落ち着かせるため、紀美子は花代の愛読書である『増鏡《ますかがみ》』を朗読し、髪を整える。花代は紀美子と政代を混同して政代への思いを吐露し、自身の贅沢で土地も財産も残っていないことを面白そうに語る。紀美子は花代の饒舌をふさごうと再度『増鏡』を朗読する。

病床の祖母に『増鏡』を朗読したのは有吉の実体験であったようで、代表作「紀ノ川」連載前の取材紀行「紀ノ川紀行」（「婦人画報」一九五八年一一月）でこの体験を語っている。

中風で倒れた祖母が、しきりと喋べりたがるので、それを抑えるために祖母が読んでほしいというものを枕辺で読むことになった。それは彼女の座右の書の一つである「増鏡《ますかがみ》」だった。英文学を専攻した私には、かなり難解な古典であったが、親族は誰も彼も敬遠するので、それは専ら私の担当になった。ところがうっかり読み誤ると、それまで静かに聴いていた祖母が、

「佐和ちゃん、そこ、違うようやの」

と正確を強要するのである。

何度も汗をかきながら、やがて私は文法のくせを覚えて、次第に文字を眼から口に移す操作が楽になった。

読経《どきょう》のようなものであった。私は文意を探ろうとする神経を麻痺させて機械的に読み進み、やがて一種の恍惚境にいたのである。(「婦人画報」一九五八年一一月　34ページ)

この体験をもとにした本作では、『増鏡』の朗読を通じて紀美子の「旧家」への意識変化が描かれる。旧家を憎み叛逆してきた政代と違い、東京の紀美子にとって旧家は「直接関係がない世界」であり、のんびりとした関西弁で繰り広げられる露骨な相続問題や臨終騒ぎも、「旧家を愛し、その末を愛《いとお》しむ心」の現れだと他人事として面白がっている。それでも旧家の調度の持つ歴史に圧倒され、「旧家の亡霊」のような伯父を挑発することで伝統への抵抗を示そうとする。しかし花代のために『増鏡』を朗読するなかで、紀美子は「関係がない世界」のはずの、旧家の「執念」や死んだ家に生きた人々の「黝《くろず》んだ生命」が、自身に注ぎ込まれるように感じる。自身に息づく伝統を実感するのである。

山本健吉が「文芸時評」で「佳作」(「読売新聞」夕刊　一九五八年四月二二日)とするように評価の高かった作品だが、今までどの単行本にも収録されていない。それは本作の一部が代表作『紀ノ川』に流用されたことによるのではないだろうか。

華子(本作の紀美子)が祖母花(本作の花代)を看病する場面は「紀ノ川」の第五部(単行本の第三部後半)にあたり、「死んだ家」発表の一年後、一九五九年五月に「婦人画報」に発表された。この雑誌発表時に『増鏡』朗読の部分はない。

雑誌発表時では、一週間花を看病したのち、華子たちが庭先で死んだ白蛇を見つける場面となっている。白蛇は作中で不幸の前触れとして現れる「真谷家の主」であり、花と真谷家そのものの死の暗示として白蛇の死が描かれる。これが単行本（一九五九年六月　中央公論社）では以下のようになっている。

気に入りの華子がいないと他の者に八ツ当たりして、疲れたので休んでいるといえば「病人と疲れた人間とどちらが大事よし」とむずかるのである。

日中、熟睡こそしなかったが時折とろとろとまどろんで静かになる花は、夜に入ると逆にはっきりとめざめてしまい、夜は眠たがる人々に一層気難かしくなった。呼んだ人間がはかばかしい返事をしないと、すぐ気に入らなくなって、次から次へ思いつく人の名を挙げて交代させる。

（略）

「華ちゃん、そんな読み方したら、お母さんに強《きつ》すぎへんか」

友一が瞼のふくらんだ輪郭のぼやけた顔を出した。

ある朝、午後になって起きた華子は、冷たい井戸水で顔を洗いながら、東京を離れていることを強く思っていた。看病疲れで、眼がくぼんできている。ただ花の死期を待っている生活に、若い華子はようやく抵抗を感じ始めたのだ。

（『有吉佐和子選集　第一巻　紀ノ川』一九七〇年四月　242〜251ページ）

引用文中、太字が「死んだ家」の内容と一致する部分にあたり、雑誌発表時になかった『増鏡』朗読の場面が十ページ近く追加されている。異同はあるが、「死んだ家」の後半部（本書112〜121ページ）がそのまま挿入されているのである。また華子が遅い食事の後、伯父と散歩をする場面が挿入されている。

華子が伯父と散歩する場面は、「死んだ家」の中盤（本書110〜112ページ）にあたり、『増鏡』朗読の直前の部分である。これらの挿入によって、死期の迫った花の独白と、淡々とした『増鏡』の朗読は強烈な印象を与えるが、花と家の死の暗示である白蛇の場面は、少し唐突に感じられる。

また前述のように「死んだ家」の紀美子にとって、旧家は「直接関係がない世界」である。『増鏡』朗読によって、「関係がない」はずの旧家の伝統が自身に息づいていると実感する。ところが、『紀ノ川』の華子は、祖母花への手紙のなかで疎開時の生活で祖母といたときを「一番幸福」と語るように、幼少から旧家の伝統への愛着を抱いている。『増鏡』朗読によって伝統を意識する効果は薄まっている。また自身に流れる伝統を意識しながらも、「旧家の亡霊」のような伯父を挑発するなど伝統への抵抗を示しており、華子の伝統意識はゆらいでいる。従って、伝統意識の変化という点に関しては『紀ノ川』より「死んだ家」の構成の方が明確で、『紀ノ川』

の習作ではなく完成した短編として価値がある。

なお『増鏡』の「下の巻の第十七」は、『有吉佐和子選集』以降の「紀ノ川」本文では「第十四」に変更されている。『増鏡』には増補本系諸本（いわゆる流布本。二十巻本）と古本系諸本（十七巻本）があり、「春のわかれ」の章は前者では巻十七、後者では巻十四に相当する。一般には古本系諸本の方が古い系統とされ、岩波古典文学大系等の注釈書では古本系が用いられることが多い。「十四」と変更されているのも、それらの注釈書に従ったためだと思われる。しかし、『校註日本文学大系第十二巻』（一九二六年、国民図書）など戦前の注釈書では増補本系が用いられており、実際に朗読に使用されたのは増補本系のものと思われる。ちなみに「春のわかれ」の章は、後宇多院の臨終の場面である。

崔敏殻《さいびんかく》（「小説新潮」一七巻一号　一九六三年一月）

有吉には「落陽の賦」（「小説新潮」一九六一年三月）、「孟姜女考」《もうきょうじょこう》（「新潮」一九六九年一月）といった中国古典を題材にした作品があるが、本作は中国の怪異説話を集めた『広異記』《こういき》『太平広記』《たいへいこうき》に収録されている崔敏殻の説話をもとにしたもの。原典は項羽の亡霊のエピソード等、作品後半に紹介された蘇生後の話が中心であり、崔敏殻の冥界（地獄）での様子や、現世へどのように帰還したかは詳しく描かれていない。本作は冥界での様子や帰還後の家族とのやりとりをユーモラスに詳細に描き出している。崔敏殻の屁理屈にやり込められる閻魔《えんま》大王の様子や家族とのやりとりは、風刺のきいたファース（笑劇）として面白い。なおラジオドラマ「閻魔さまが大欠伸すると地獄に革命が起きたという話――有吉佐和子「崔敏殼」より」（一九六三年一月一一日　毎日放送）が放送されている。

秋扇抄《しゅうせんしょう》（「別冊文藝春秋」九七号　一九六六年九月）

経済的に厳しくなった芸者の菊弥は、日本画の大家・村井紅雪のモデルに指名され、それに見合うような贅を凝らした着物を欲する。かつて権勢を誇った菊弥のために、出入りの呉服屋三松は贅を凝らした着物を用意しようと奔走する。職人のこだわりと女の意地で完成した絶品の着物は、大家によって思いもよらぬ扱いを受けることとなる。

有吉の着物、能への知識が見られる好短編。着物へのこだわりは『紀ノ川』『香華《こうげ》』、『華岡青洲の妻』等でも散見されるが、殊に『真砂屋《まなごや》お峰』の衣装比べや、花柳界を舞台とした『芝桜』『木瓜《ぼけ》の花』で発揮されることとなる。『木瓜の花』では主人公正子が意中の男性にかかわる模様の着物を仕立てようとするものの、流行らないとの理由で呉服屋に断られる場面があり、本作と読み比べても面白い。

表題の「秋扇抄」は能「班女《はんじょ》」の扇のこと。才人として知られた「怨歌行」の作者班婕妤《はんしょうよ》がモデルであり、寵を奪われた自身を、夏に重宝がられても秋には打ち捨てられる扇になぞらえている。本作の菊弥も舞踊の才で知られた芸者だが、旦那の所有物のように扱われ、その才を見せることもかなわないのである。

鬼の腕（「小説新潮」一八巻五号　一九六四年五月）

「香華」が小説新潮賞となり、受賞第一作として掲載された。土岐秀夫は、交渉のあった舞踊家・梶川紫猿から歌舞伎座に招かれる。紫猿の新作舞踊「無限道成寺」をみながら、秀夫は半ば書生のように紫猿の家で暮らした日々を回想する。秀夫にとって忘れがたい紫猿とのプラトニックな関係は、紫猿にとっても特別な交渉であった。還暦を目前にしながら、かつてと変わらぬ若さをみせる紫猿だったが、自身の舞踊会直前に利き腕を骨折し、急遽左腕だけで踊る「茨木」を演じることとなる。生涯娘形の踊りにこだわっていた紫猿は、初の老け役でも抜群の技量をみせる。紫猿の年齢を感じる秀夫をよそに、紫猿は面目躍如の跳躍をする。紫猿を支えたのは治療にあたった若い医師への思慕であった。老練な舞踊家を支えるのが乙女のようなプラトニックな思慕にあるというのが面白い。

日本舞踊を題材とした有吉作品は『連舞《つれまい》』『乱舞《みだれまい》』など多数あるが、特定の流派ではなく、いくつかの日本舞踊の流派を統合した架空の「梶川流」として描かれることが多い。本作の娘形にこだわる紫猿は、有吉と親交の深かった初代吾妻徳穂《あづまとくほ》をイメージさせる。有吉は文壇登場以前、徳穂の秘書兼連絡係として活動し、着物や日本舞踊、花柳界などの伝統文化を深く知るきっかけとなった。徳穂は海外公演「アヅマカブキ」の成功をきっかけに、一九五九年に永住権を得て渡米したが、六一年に現地で交通事故に見舞われ、治療のためやむなく帰国。懸命にリハビリを行ない、再び舞踊家として国内で活動を始める。再起した徳穂のため、有吉は舞踊「菊山彦」(六三年)を書きおろしている。六七年に徳穂は有吉作の舞踊「赤猪子《あかいこ》」などで日本芸術院賞を受賞するが、「赤猪子」で徳穂が演じたのは八十歳の老け役であった。

(有吉佐和子研究者)

旧字、旧かな作品は新字、新かなにあらため、適宜ルビを付けました。
また明らかな誤字・誤植は正し、一部表記を変更しました。
本文中、今日から見れば不適切と思われる表現がありますが、書かれた
時代背景と作品の価値を鑑み、底本のままとしました。

有吉佐和子

（ありよし・さわこ）

1931年和歌山県生まれ。幼少期をインドネシアで過ごす。東京女子大学短期大学部英語科卒業。56年「地唄」で芥川賞候補となり、文壇デビュー。紀州を舞台にした『紀ノ川』『有田川』『日高川』の三部作、一外科医をめぐる嫁姑の葛藤を描く『華岡青洲の妻』（女流文学賞）、介護問題の先駆けとなる『恍惚の人』、環境問題を取り上げた『複合汚染』、歴史や芸能を扱った『和宮様御留』(毎日芸術賞)、『連舞』、ミステリー『悪女について』『開幕ベルは華やかに』など、さまざまな分野の話題作を発表し続けた。84年急性心不全のため逝去。近刊に文庫『非色』『一の糸』『女二人のニューギニア』（以上復刊)、『閉店時間』、単行本『有吉佐和子の本棚』がある。

挿絵《さしえ》の女《おんな》　単行本未収録作品集

二〇二三年三月二〇日　初版印刷
二〇二三年三月三〇日　初版発行

著　者――有吉佐和子
装　丁――大久保伸子
装　画――西山寛紀
発行者――小野寺優
発行所――株式会社河出書房新社
〒一五一―〇〇五一
東京都渋谷区千駄ヶ谷二―三二―二
電　話――〇三―三四〇四―一二〇一［営業］
〇三―三四〇四―八六一一［編集］
https://www.kawade.co.jp/

組　版――株式会社キャップス
印　刷――株式会社暁印刷
製　本――加藤製本株式会社

ISBN978-4-309-03098-2
Printed in Japan

河出文庫＊有吉佐和子の本

非色

色に非ず――。終戦直後黒人兵と結婚し、幼い子を連れてＮＹに渡った笑子だが、待っていたのは貧民街ハアレムでの半地下生活だった。人種差別と偏見にあいながらも、「差別とは何か？」を問う、圧倒的な筆致で描いた傑作長編。

解説＝斎藤美奈子

一の糸

「なんという音色だろう。躰にしみ通るように響いてくる――」文楽の天才三味線弾きで、美貌の露沢清太郎が弾く一の糸の響きに心を摑まれた、造り酒屋の箱入り娘・茜。芸道一筋に生きる男とそれを支える女の波瀾万丈の人生。

解説＝酒井順子

閉店時間

花形企業の東京デパートに働く紀美子、節子、サユリ。同じ高校の同級生仲良し三人だが、配属された職場の違いも影響し、三者三様の仕事と恋の悩みがあった。仕事と恋愛を通して成長していく女性を描いた、元祖・お仕事小説の傑作長編。

解説＝山内マリコ

女二人のニューギニア

「ニューギニアは、ほんまにええとこやで」文化人類学者の友人、畑中幸子氏に誘われて超多忙の一九六八年に訪れた先は、セスナを降りて三日間山を歩いて辿りついた奥地、ヨリアピだった。シシミン族が住む文明に侵されていない地での驚きと抱腹絶倒の滞在記。

解説＝平松洋子

有吉佐和子の本棚

小学生で漱石、鷗外全集を読破し、十七歳で読書日記「読後随感」を綴る――。紀州、社会問題、芸道、歴史、女性の生き方、ミステリーなど多彩な著作と舞台を紹介し、発掘エッセイ、単行本未収録の日記・脚本、単行本未収録小説「六十六歳の初舞台」を収録。時代を先駆けたベストセラー作家の素顔を自身の著作と蔵書とともに探る一冊。カラー64ページ。